Un ardiente amor

PAULA ROE

Harlequin™

Editado por HARLEQUIN IBÉRICA, S.A.
Núñez de Balboa, 56
28001 Madrid

I.S.B.N.: 978-84-9000-443-2
Depósito legal: B-26641-2011
Editor responsable: Luis Pugni
Preimpresión y fotomecánica: M.T. Color & Diseño, S.L.
C/ Colquide, 6 portal 2 - 3º H. 28230 Las Rozas (Madrid)
Impresión en Black print CPI (Barcelona)
Fecha impresion para Argentina: 26.3.12
Distribuidor exclusivo para España: LOGISTA
Distribuidor para México: CODIPLYRSA
Distribuidores para Argentina: interior, BERTRAN, S.A.C. Vélez
Sársfield, 1950. Cap. Fed./ Buenos Aires y Gran Buenos Aires,
VACCARO SÁNCHEZ y Cía, S.A.
Distribuidor para Chile: DISTRIBUIDORA ALFA, S.A.

Capítulo Uno

–¿Que has hecho qué?

Emily Reynolds se apartó el auricular de la oreja un momento e hizo una mueca de dolor.

–He besado a mi jefe.

–Espera un momento. Rebobina –le dijo su hermana mayor, AJ, desde el otro lado de la línea–. ¿Has besado a Zac Prescott?

–Sí.

–¿Ese hombre al que Dios creó con el único propósito de hacer disfrutar a una mujer? —le preguntó en un tono de incrédula ironía.

–Ese mismo.

–¿Le has besado? ¿Tú? ¿La misma chica que odia las sorpresas y desempeña su trabajo en la empresa con la máxima eficiencia?

–No tienes por qué ensañarte tanto. Sé que soy la mujer más estúpida del planeta –le dijo.

Estaba en su apartamento, acurrucada en el sofá, con las piernas cruzadas sobre la mesita del salón, en albornoz. En ese momento era fácil creer que lo ocurrido la semana anterior había sido producto de su imaginación. Sin embargo, el recuerdo de aquel cosquilleo sobre la piel le decía que había sido algo más que una fantasía.

–¡Emily, eres la chica más afortunada del planeta! ¿Qué tal fue? ¿Te gustó?

–¿Es que no me has estado escuchando? Es mi jefe. Por fin había conseguido que me respetaran profesionalmente y ahora voy y lo estropeo todo. Esto me suena de algo.

–¿Qué quieres decir?

Emily oyó un portazo al otro lado de la línea.

–Dame todos los detalles –le exigió AJ, insistiendo.

Emily soltó un gruñido y se aflojó la toalla que se había puesto en la cabeza a modo de turbante. Acababa de salir de la ducha y tenía el pelo mojado.

–Me han dado un permiso de una semana en el trabajo. El martes por la noche me llamó desde su despacho, borracho como una cuba. Le llevé a casa en coche, lo acompañé hasta la puerta de su casa, tropezamos y… Y ocurrió. Ya está.

–Ah, el viejo truco del tropiezo.

Emily hizo una mueca, mirando su propio reflejo en la pantalla de la televisión. El hecho de que Zac estuviera borracho no era una excusa. Es más, no podía haber mayor estupidez que llevar más de un año suspirando por un hombre completamente inalcanzable para alguien como ella.

–No tiene gracia. Me asusté, me encerré en casa y pasé el fin de semana pensando.

–Eso es peligroso. ¿Y?

–Y entonces me fui. Esta mañana. Por correo electrónico.

–¡Oh, Em! Aparte de lo del beso, ¿por qué lo hiciste?

–Ya sabes por qué –Emily se pasó una mano por el cabello, alisándolo–. No podría soportar otra acusación injusta.

–Pero Zac no es así. ¡Y ese otro tipo mintió!

4

Emily suspiró. Todavía podía sentir el peso de aquel nudo de rabia que tanto tardaba en deshacerse. Siempre había pensado que con talento y dedicación podría abrirse camino en el mundo de los negocios, y no con una melena rubia y una minifalda. Siempre se había vestido con elegancia y formalidad, siempre había trabajado duro… creyendo que algún día alguien reconocería su esfuerzo y la recompensaría por ello… Y así había sido cuatro años antes, pero no de la manera que ella había imaginado. Aquel contrato indefinido en una de las mejores empresas de contabilidad de Perth no era lo que ella esperaba y no había tardado mucho tiempo en darse cuenta. Todo había ocurrido durante la fiesta de Navidad de la empresa, seis meses después de su llegada; la primera vez que se ponía una falda corta y el gerente había intentado propasarse con ella en el balcón.

Emily temblaba con sólo recordarlo. Entonces sólo tenía veintidós años, y había terminado humillada y sola. Sin familia, ni hogar, ni nada…

Había salido de aquel bache gracias a un golpe de suerte. Un tío al que nunca había conocido murió y le dejó un apartamento en Gold Coast, así que se mudó al otro lado del país, a Queensland, y empezó de cero, dejando atrás el pasado. La nueva Emily, vestida con serios trajes monocromáticos y con el pelo recogido en un pulcro moño, había conseguido un trabajo como asistente personal de Zac Prescott, pero de eso ya hacía dos años y las cosas habían cambiado…

–A lo mejor no es tan malo como piensas –le decía AJ.

–No, es peor –dijo Emily, suspirando–. No quiero saber nada de los hombres.

AJ pareció atragantarse con una bebida.

–¿Qué pasa? ¿Es que te vas a hacer gay por culpa de unos cuantos novios tontos, una acusación injusta y un marido fracasado?

–No –dijo Emily, reprimiendo una risotada–. Quiero decir que no pienso volver a caer en sus trampas. No voy a volver a entrar en sus juegos.

–¡Ah! ¡Por fin te estás pasando al Lado Oscuro!

Emily se rió.

–Al menos los del Lado Oscuro tienen sexo sin compromisos.

–Ésa soy yo. Tú eres la que siempre se ha empeñado en ser la chica buena con principios, la que busca al hombre perfecto.

–Sí, y mira adónde he llegado –Emily oyó un ruido y miró hacia el pasillo–. Hay alguien en la puerta.

–Maldita sea. Le dije a ese stripper que esperara hasta las siete.

–Je, je. Mira, te veo esta noche. A las ocho y media en el Jupiters, ¿de acuerdo?

–Sí –dijo AJ. Y espero que entonces me cuentes todos los detalles. ¡Feliz veintiséis, Emily!

Emily colgó el teléfono y frunció el ceño. Quien fuera que llamara a la puerta lo hacía cada vez con más impaciencia.

–¡Ya voy, ya voy!

Debía de ser esa anciana malhumorada que tenía por vecina, para quejarse por lo del buzón. Otra vez.

Agarró una goma de pelo y se recogió el cabello al final de la nuca. No eran sólo los hombres los que eran un problema. Ella también era un problema. Después de dos años organizando la agenda de Zac Prescott, trabajando doce horas al día y estirando cada dólar, por fin tenía dinero para empezar su propio negocio.

Alguien aporreaba la puerta.

–¡Maldita sea, George! –masculló Emily, agarrando el picaporte y abriendo la puerta de par en par–. Deja de... Oh.

–¿Qué demonios significa esto? –Zac Prescott estaba en el umbral, con un papel arrugado en el puño.

Emily retrocedió un paso. Zac no era de los que perdían los estribos. De hecho, la única vez que le había visto perder los nervios había sido durante una conversación telefónica con su padre, cerca de un año antes.

–Es mi carta de dimisión –le dijo ella en un tono calmo.

–¿Por qué? –le preguntó él, clavándole la mirada.

Emily tragó en seco y trató de ignorar el enjambre de mariposas que revoloteaban en su vientre. Zac Prescott estaba en su puerta, vestido con una impoluta camisa blanca de manga larga y una corbata de seda con un estampado azul y verde que ella misma le había regalado las Navidades pasadas. Aquel hombre era una visión impresionante, pero era su rostro lo que más cautivaba a la joven; una cara hermosa, pero dura, una extraordinaria mezcla mediterránea y escandinava. Su rostro, una combinación de rasgos angulosos y tez ligeramente bronceada, ofrecía una belleza elegante y artística.

Emily parpadeó un par de veces y trató de aplacar el nudo de deseo que la atenazaba por dentro.

–Porque me marcho.

–No puedes marcharte –Zac dio un paso adelante y Emily no tuvo más remedio que dejarle entrar en la casa.

Su presencia hacía aún más pequeño aquel apartamento de una habitación. Era arrolladora. Él era arrollador.

Emily respiró hondo y entonces percibió aquel delicioso aroma que tan bien recordaba. Cerró la puerta y se volvió.

Él la observaba con los brazos cruzados, recorriendo cada centímetro de su cuerpo con la mirada.

«Estás prácticamente desnuda», pensó Emily, nerviosa. Acababa de salir del cuarto de baño y no llevaba más que un albornoz encima. Con un gesto instintivo, se apretó el cinturón de la prenda.

–No puedes irte –le dijo él.

–¿Por qué no? –le preguntó ella, parpadeando.

–Bueno, por un lado, tu sustituta, Amber, no da la talla.

–Se llama Ebony. Ha venido desde el departamento de marketing sólo para hacerme un favor.

–Tiene los archivos hechos un desastre.

–Ya veo –dijo ella, observándole mientras se frotaba el cuello. Después de dos años trabajando con él codo con codo, sabía que estaba a las puertas de un dolor de cabeza. Durante una fracción de segundo casi sintió pena por él.

–Y me echa azúcar en el café.

–Y, déjame adivinar… ¿No te recuerda que tienes que comer?

Zac frunció el ceño, sin dejar de frotarse el cuello.

–Y ese perfume horrible que usa me da dolores de cabeza. No tiene gracia. Todo se ha ido al demonio esta semana. Necesito que vuelvas.

–¿Me necesitas? –le preguntó ella con un hilo de voz.

Él asintió con la cabeza.

–Por alguna extraña razón, Victor Prescott está a punto de nombrarme como su sucesor.

–¿Tu padre? ¿Qué…? ¿En VP Tech?

–Sí.

Perpleja, Emily se quedó boquiabierta. Zac nunca hablaba de su pasado, y eso incluía a su familia. Era como si hubiera irrumpido de golpe en el negocio de la construcción en Gold Coast, ganando millones desde el principio. Ella sabía muy bien que su padre era el magnate que estaba al frente de una empresa de software multimillonaria, pero, aparte de eso, no sabía nada más. Zac no le pagaba para especular y cotillear con los compañeros del trabajo.

–Es por eso que… –hizo una pausa, pero él la animó a seguir con un brusco gesto de la mano.

–Es por eso que me emborraché en mi despacho. Sí –dijo, terminando la frase–. No debió de ser una visión muy agradable para los empleados de limpieza.

Zac Prescott nunca bebía en el trabajo y ése era el motivo por el que la había llamado para que le llevara a casa.

–Zac… –dijo ella, suspirando–. He pasado los dos últimos años siendo la mejor asistente que has tenido jamás. He organizado tu trabajo y tu vida privada sin hacer ni un solo comentario, sin quejas de ningún tipo… He tranquilizado a los clientes, he preparado reuniones de última hora, viajes de negocios, citas… He trabajado miles de horas extra, los fines de semana…

–No sabía que odiabas tanto tu trabajo –dijo él.

–¡No lo odio! Es que… Es hora de cambiar.

–¿Y ayudarme a resolver este lío de VP Tech no es un cambio?

–No… Sí… Yo sólo… Me voy, ¿de acuerdo?

Se hizo el silencio.

–De acuerdo. Pero dime quién se lleva a mi mejor asistente… cuando más la necesito –dijo él finalmente.

«La necesito…». Las palabras de Zac retumbaron una y otra vez en la mente de Emily. Locas fantasías se apoderaron de ella; fantasías en las que hacía algo más que robarle un beso… fantasías en las que él recorría su cuerpo con ambas manos…

Emily parpadeó y se apartó un mechón imaginario de la cara. Esperaba que él mencionara algo de aquella noche, pero los segundos corrían implacables, y él sólo la fulminaba con una mirada furiosa.

Y entonces lo entendió.

Él no recordaba nada.

Poco a poco empezó a sentir el rubor en las mejillas.

–¿No vas a decir nada? –le preguntó él, cruzándose de brazos.

–Puedo entrenar a otra persona –dijo ella, ofreciéndole una alternativa.

–No quiero a nadie más –dijo él, volviendo a tocarse la nuca–. Te subiría el sueldo.

–Pero no entiendo por qué… Quiero decir… –se detuvo.

–¿Por qué dejan en mis manos una empresa de software de repente? ¿O es que no entiendes qué ha pasado con mi medio hermano, el heredero indiscutible? –la miró fijamente–. ¿No sientes curiosidad?

–No –dijo ella, mintiendo.

–¿Estás segura? –le preguntó, esbozando una de sus sonrisas arrebatadoras–. Va a ser un caos. Hay que preparar reuniones, reorganizar toda la agenda. Sé que estás deseando ponerlo todo en orden.

—Jamás me dejaría llevar por la curiosidad y el cotilleo de oficina.

—No —dijo él, mirándola descaradamente—. Eso es cierto. Tómatelo como un ascenso. Estoy dispuesto a doblar la oferta que te hayan hecho.

—No se trata de dinero —dijo ella, dando media vuelta y yendo hacia el sofá—. Zac, eres un adicto al trabajo —le dijo, recogiendo la toalla que se había quitado de la cabeza—. Y eso no es malo. Es que… Esperas lo mismo de mí. Yo quiero tener el control de mi propia vida. Quiero ser mi propio jefe y tomar mis propias decisiones —levantó la barbilla con un gesto desafiante—. Voy a ir a la universidad para sacarme un título de administración de empresas. Quiero tener mi propio negocio.

—¿Que vas a hacer qué?

—Gestión y administración. Ya sabes… Aprovechamiento del tiempo, *coaching* empresarial… —al ver que él guardaba silencio ella se detuvo—. Bueno, es igual. Ya he firmado y pagado el primer semestre.

Siempre se había comportado como toda una profesional durante los dos años que había trabajado junto a Zac Prescott. Nunca le había seguido la corriente cuando intentaba darle conversación y jamás había pasado de una respuesta breve cada vez que le preguntaba qué tal le había ido el fin de semana. Al igual que el resto de los empleados, él también la veía como a una mujer solitaria y entregada a su carrera profesional; una chica corriente, insignificante, parte de la multitud… En definitiva, alguien que jamás sería candidata a unirse al club de las «ex» del gran Zac Prescott. Y era por eso precisamente que aquel beso era tan humillante. Él no había tardado nada en olvidarlo, al igual que la olvidaría a ella.

Él la observaba con un gesto ceñudo. Jamás se había atrevido a desafiarle… hasta ese momento. Incapaz de soportar su intensa mirada ni un segundo más, Emily se puso a recoger los recipientes de la cena a domicilio que había pedido la noche anterior.

Él la siguió hasta la cocina.

—Escucha. Si estás tan decidida a irte, no puedo impedírtelo. Pero sólo estamos en octubre. Todavía tienes casi cinco meses antes de que empiece la temporada así que, ¿por qué no trabajas para mí hasta entonces? Ayúdame a resolver este lío en el que me ha metido mi padre.

—Yo no… —Emily se volvió bruscamente y él estaba allí, inmenso e imponente; una pared de puro músculo.

Retrocedió rápidamente, pero no pudo disimular su reacción. Él se había dado cuenta.

—¿Estás enfadada porque te llamé durante tus vacaciones el jueves pasado?

Ella lo miró con un gesto de perplejidad y entonces la rabia comenzó a apoderarse de ella.

—¿Crees que este cambio tan grande en mi carrera, un cambio que llevo meses planeando, se vio precipitado porque me pediste que te llevara a casa? Sin darme las gracias siquiera, por cierto.

—Supongo que no –dijo él–. Gracias, por llevarme a casa.

—De nada.

Él le sostuvo la mirada durante unos segundos y entonces apartó la vista, metiéndose las manos en los bolsillos.

«Tenía razón. No se acuerda de nada», pensó Emily, observando su gesto malhumorado e impenetrable.

–Normalmente no bebo en el despacho.

–Lo sé.

–Sí –se volvió hacia ella–. Sé que lo sabes.

Emily empezó a sentir un ligero temblor. Apenas podía soportar su mirada, intensa y aguda. Al reparar en sus labios, recordó aquella noche con toda claridad. Había visto aquella botella de tequila sobre su escritorio, un destello guerrero en su mirada…

–Tengo que vestirme –le dijo ella y él la miró de arriba abajo–. Y tú tienes que irte.

–¿Vas a pensar en mi oferta?

–¿Te irás si te prometo que lo haré?

–Sólo si realmente vas a pensar en ello –le dijo él–. Los dos salimos ganando. Tú me ayudas durante cinco meses más y tú ganas un jugoso incentivo. Nadie pierde.

–Te prometo que lo pensaré.

Él echó a andar por el pasillo y Emily fue tras él. Al verle abrir la puerta de salida, supo que no debía, que no podía volver a trabajar con él, no después de aquel beso.

Él se detuvo un momento y se volvió hacia ella un instante.

–¿Cómo llegó mi coche de la oficina a mi casa?

–Es que es un cochazo –dijo ella.

–¿Te dejé conducir mi deportivo?

–Claro que sí –dijo ella, intentando ocultar una sonrisa–. Estabas totalmente borracho.

Él se frotó la barbilla y frunció el ceño.

–Y tú me metiste en la casa sin ayuda.

–Sí.

Le había sujetado de la cintura para ayudarle a entrar por la puerta y entonces… Cualquiera podría haber cometido ese error. Tambaleándose, él había tropezado y ella había logrado mantener el equilibrio a duras penas… Se habían dado la vuelta al mismo tiempo y entonces… Sus labios se encontraron, durante unos segundos maravillosos. Pero ella sabía que no debía estar allí y había escapado rápidamente.

–Adiós, Zac –le dijo, apretándose el cinturón del albornoz–. Ya me pondré en contacto contigo, sea cual sea mi decisión.

Zac apenas oyó el ruido de la puerta al cerrarse. Estaba demasiado absorto en sus propios pensamientos. Casi sin darse cuenta, comenzó a bajar las escaleras del bloque de apartamentos. El dulce sol de la mañana caía con sutileza sobre las calmas aguas del estuario de The Alley.

Emily no. Ella era el sueño de un empresario; siempre dispuesta, eficiente y muy inteligente. Siempre sabía lo que él necesitaba antes que él mismo. Sabía cómo le gustaba el café, le recordaba que tenía que ir a comer, siempre cumplía los plazos…

Y besaba muy bien.

Las escaleras crujieron bajo sus pies… No estaba seguro de que ella fuera a volver, así que necesitaba un plan B. Se detuvo a mitad del camino. El calor de primavera no le aliviaba el dolor de cabeza, que ya empezaba a hacerse insoportable.

«Maldita sea», masculló para sí. ¿Cuánto tenía que insistirle a una mujer?

Era difícil saberlo, pero, en cualquier caso, ella seguía sin reconocer aquel beso; un beso que había puesto patas arriba todo su mundo.

Contempló el mar y, más allá, algunos de los primeros diseños de su empresa, casas elegantes y funcionales que se habían vendido a precio de oro; toda una fuente de orgullo. Él las había rediseñado, reconstruido y vendido sin la ayuda de nadie. Hacía mucho tiempo de eso, pero todavía seguía diseñando sus propios proyectos, aunque la empresa fuera viento en popa y tuviera un ejército de empleados. Podía permitirse el lujo de escoger clientes, pero aquellas casas le recordaban que no siempre había sido así. Aquellas casas le recordaban lo lejos que había llegado.

Su vida estaba perfectamente organizada. Disfrutaba del trabajo y también de las mujeres con las que salía. Atrás habían quedado las noches en vela, las migrañas delirantes y el estrés... Había trabajado muchísimo para lograr lo que tenía. Lo único que su padre le había enseñado era que había que esforzarse y luchar para lograr los objetivos, y él había aprovechado bien el consejo; sobre todo en lo referente a las mujeres. Al final lograría convencer a Emily para que volviera. Solo era cuestión de tiempo. Sus recuerdos no lo engañaban; ella le había devuelto aquel beso con pasión. Se volvió hacia la puerta del apartamento. Las cortinas estaban cerradas e impedían ver el salón de la casa.

La ironía de la vida... El mismo día en que su vida había dado un giro de ciento ochenta grados, ese mismo día, había llegado a saber qué se escondía debajo de aquellos impecables trajes de negocios. Ella se había presentado en su despacho sin aquellas estiradas gafas de ejecutiva, vestida con una camiseta ancha y una minifalda vaquera desgastada a juego con unas botas camperas.

¿Pero por qué escondía aquel cuerpo maravilloso?

Si cerraba los ojos todavía podía sentir el tacto de aquellos pechos turgentes.

Sí. Ella había sentido lo mismo, aunque aquel beso sólo hubiera durado una fracción de segundo.

Absorto en sus propias fantasías, Zac apenas advirtió la presencia de aquel hombre hasta casi tenerlo encima.

Aquel tipo era como un armario empotrado enfundado en un elegante traje de firma; una peligrosa combinación. Pero no se trataba sólo de su imponente físico, sino de aquel rostro circunspecto y amenazante. El individuo le saludó con un leve movimiento de cabeza al cruzarse con él y entonces siguió adelante.

Zac había visto antes aquella mirada; muchas veces en realidad. Desafortunadamente, el negocio de la construcción estaba plagado de aquellos matones de patio de colegio.

Zac dio media vuelta lentamente y le vio subir los escalones. El apartamento de Emily era el único que estaba al final del segundo piso….

Rápidamente retrocedió un poco y se escondió detrás de un balcón de madera. Emily acababa de abrir la puerta. Miró entre los listones de madera. Ella no había abierto la mampara de seguridad. Chica lista…

–¿Es usted la señora Catalano? –le decía aquel tipo enorme.

–Señorita Reynolds.

Zac frunció el ceño. ¿Emily había estado casada?

–Pero usted es la esposa de Jimmy Catalano, ¿no?

Hija de Charlene y Pete, y hermana pequeña de Angelina, ¿no es así?

Emily guardó silencio y Zac creyó oírla respirar hondo, como si tuviera miedo.

–¿De qué va todo esto?

–Jimmy le debe dinero a mi jefe.

–¿Y quién es su jefe?

–Digamos que se llama… Joe.

Cuando Emily contestó por fin, lo hizo con el mismo aplomo con el que lidiaba con los clientes más exigentes de la empresa.

–Lo siento, pero Jimmy murió hace siete meses.

Zac tragó con dificultad, sorprendido. Su recatada asistente personal escondía algo más que unas curvas de infarto.

–Eso he oído –dijo el hombre–. Y siento mucho su pérdida. Joe es un hombre de negocios, pero también es muy compasivo. Le ha dado más tiempo que cualquier otro para llorar su pérdida y seguir adelante –le dijo en un tono peligroso–. Pero ahora quiere su dinero.

–¿Qué dinero?

Zac cambió de postura para ver mejor. Emily trató de cerrar la puerta, pero aquel enorme armario empotrado frenó la puerta con un violento golpe. Zac sintió un pinchazo de rabia que lo hizo dar un paso adelante, pero, en el último momento, la cautela prevaleció.

–Usted es el aval de Jimmy, así que la deuda es suya ahora –dijo el hombre con cara de pocos amigos, perdiendo la paciencia.

–Yo no he firmado nada.

El hombre sacó unos papeles.

–Ésa es su firma, ¿no?

–Lo parece, pero yo no he…

El hombre soltó un suspiro fingido, como si acababa de llevarse una gran decepción.

–Tiene catorce días para pagar.

Emily hizo una pausa.

–Entonces nos veremos en los tribunales –dijo finalmente con firmeza.

El hombre soltó una carcajada, profunda y amenazante.

–La esposa de un tipo como Jimmy debería conocer bien el juego. Nada de policías ni abogados. Mi jefe no pierde el tiempo en los tribunales. ¿Está claro? –hizo una pausa–. Aquí tiene mi tarjeta –metió la tarjeta por debajo de la mampara de seguridad–. Avíseme cuando tenga el dinero. Su hermana es una chica muy guapa. Tendrá unos… ¿treinta años? Y acaba de comprarse un coche nuevo, ¿no?

–Aléjese de mi familia.

Al oír el pánico en su voz, Zac sintió una punzada de dolor que le atravesó el corazón. Instintivamente cerró los puños.

–Eh, sólo era un comentario –añadió el tipo, levantando los brazos–. Ya sabe… Siempre podría pagar la deuda de otra manera…

Emily cerró la puerta con violencia y el hombre dio media vuelta, riéndose a carcajadas. Un arrebato de rabia se apoderó de Zac, fuerte y implacable, arrebatándole el sentido común, el instinto de supervivencia… El armario empotrado bajó las escaleras, con una sonrisa cínica en los labios, y fue en ese momento cuando Zac sintió una avalancha de furia que le abrasaba las venas, arrebatándole todo el sentido común y el instinto de supervivencia. Se puso erguido, echó atrás los hombros y le salió al paso.

Al ver a Zac su sonrisa se transformó en un gesto de amenaza y cautela.

–Hola, chaval –dijo Zac en un tono informal y arrogante–. ¿Tienes un minuto?

Capítulo Dos

No sin reticencia Emily entró en el vestíbulo del edificio de oficinas el jueves por la mañana. En la noche del lunes, después de unas cuantas copas y una profunda discusión, demasiado seria para una celebración de cumpleaños, AJ le había hecho ver lo que ya se temía. Tenía que volver al trabajo. Los policías no podían hacer nada y una denuncia sin duda haría enfadar aún más al tal Joe, lo cual no era nada aconsejable. Aquel matón la había asustado de verdad, había desenterrado cosas que no quería volver a recordar.

«Siempre podría pagar la deuda de otra manera…».

Aquella sugerencia todavía le ponía la carne de gallina. Jimmy le había dicho algo así en una ocasión, sólo en una ocasión, y por eso le había abandonado. Era preferible pagar y posponer sus estudios antes que tener que saldar esa cuenta de otra manera.

«Si no estuvieras muerto, Jimmy, yo misma te mataría», pensó.

El guardia de seguridad levantó una mano, miró la identificación que llevaba en la solapa y entonces le permitió el paso. Con la cara ardiendo de vergüenza, Emily se dirigió a los ascensores. ¿Cuántas veces había entrado en el vestíbulo y el guardia la había hecho detenerse como si nunca antes la hubiera visto? A las chicas guapas siempre les sonreía. Las puertas del ascensor se abrieron y Emily entró, abriéndose paso entre la gente. No quería renunciar al dinero que tanto le había costado ahorrar, pero casarse con un delincuente finalmente le estaba pasando factura. Aquella vida despreocupada escondía una sarta de mentiras y engaños que jamás olvidaría y esos mafiosos iban en serio, muy en serio. El dinero se podía recuperar, pero el bienestar de su hermana y el suyo propio no. La noche anterior, hecha un mar de lágrimas, había retirado los fondos que tenía ahorrados para la matrícula de la universidad y después había llamado al matón llamado The Thug, alias Louie Mayer, para pedirle un poco más de tiempo.

«Claro. Me gustan tanto tus pechos que te voy a hacer el favor de hablar con Joe. Llámame el lunes, rubia», le había dicho el tipo por teléfono, en un tono soez y amenazante.

Sintiéndose profundamente humillada, Emily salió al pasillo de la planta veinte. No podía usar la tarjeta de crédito, gracias a Jimmy, y lo único que le quedaba era vender el apartamento, lo cual estaba fuera de toda discusión, o robar, o dedicarse al juego…

«Jimmy Catalano, maldito seas…», masculló para sí.

Abrió las puertas de cristal. Sobre ellas estaba grabado el flamante logo dorado de la empresa. Valhalla Property Development… Dejó el bolso, encendió el ordenador y se dedicó a examinar el desastre de papeles que la sustituta le había dejado sobre el escritorio.

–Ah, genial. Estás aquí.

Emily se dio la vuelta bruscamente. Zac estaba en la puerta. Al verle allí, vestido con un elegante traje de firma, algo ocurrió en su interior. La mente se le quedó en blanco. El corazón le dio un vuelvo y comenzó a latir sin ton ni son. No podía respirar y sentía un extraño cosquilleo en la piel, como si alguien soplara sobre ella, poniéndole la carne de gallina.

—¿Todo bien?

—Todo bien —le dijo ella, esbozando una sonrisa tirante.

—Entonces empecemos —le dijo él, claramente ignorando lo que le ocurría—. Entra.

Emily tragó en seco, agarró su libreta y fue a sentarse frente al escritorio de Zac. Él se dejó caer sobre su mullida silla de cuero y se acomodó con autosuficiencia. Su mirada la recorría de pies a cabeza.

—Llevas lentillas —le dijo él de repente.

—Sí —dijo ella, sorprendida.

—Pero no en el trabajo.

Emily empezó a pasar las páginas de la libreta de manera compulsiva.

—No.

—¿Por qué no?

—Me gustan las gafas —hizo una pausa—. ¿Qué quieres que haga con el asunto de VP Tech?

Él se recostó en la silla, con una expresión desenfadada, casi desafiante.

—Estás mucho mejor sin ellas.

—Gracias —dijo Emily—. Supongo que querrás organizar una rueda de prensa para anunciar…

—¿Tienes los ojos azules por tu padre?

—Mi madre —Emily se subió las gafas sobre el puente de la nariz.

A Zac le gustaban todas las mujeres; era un mujeriego por naturaleza. Siempre flirteaba con todas las chicas y tenía una larga lista de candidatas que se morían por estar con él, así que ¿por qué flirteaba con ella? ¿Y por qué…?

«Oh, no», pensó Emily para sí. Rápidamente pasó una página de la libreta y trató de concentrarse en otra cosa. El beso… ¿Qué otra cosa podía ser? Sus mejillas se tiñeron del rojo más intenso. De repente, él esbozó una sonrisa sarcástica y pícara.

–Volviendo a lo de VP Tech… –dijo ella, aclarándose la garganta.

Zac se inclinó adelante, apoyó los codos sobre el escritorio y entrelazó las manos.

–No voy a quedarme con la empresa de mi padre.

–¿Qué? –ella parpadeó, anonadada–. Pensaba que…

–Tengo Valhalla. Claramente esto es una estratagema. No es una oferta verdadera. Llevamos muchos años sin hablar y yo no sé nada del negocio del software.

–Oh. ¿Entonces por qué…?

–No lo sé. Pero Victor me amenazó con una rueda de prensa si no accedía a discutirlo con él cara a cara –dijo Zac, apretando la mandíbula, conteniendo la rabia–. Nos vamos a Sydney mañana a primera hora. Vamos a ver a mi padre y a mi hermano, y entonces podremos trabajar en el proyecto Point One. Volveremos a casa el domingo por la mañana.

Emily asintió con la cabeza y anotó todas las fechas. Un nudo de miedo le atenazaba el estómago. Estar tan cerca de Zac durante varios días no era una buena idea.

–Haré todos los preparativos –le dijo, poniéndose en pie.

–Gracias.

Zac volvió a concentrarse en los papeles que tenía

sobre el escritorio y entonces Emily sintió una extraña punzada de decepción. ¿Pero qué esperaba? ¿Que alguien como Zac Prescott se arrojara a sus pies y le diera las gracias con fervor?

–Oh, antes de que te vayas…

Emily se dio la vuelta, ruborizada.

–Esas deudas que tenía tu marido… No tienes que preocuparte por ellas. Yo las he pagado.

Emily se quedó de piedra.

Zac levantó las cejas, expectante.

–¿Que has hecho qué?

–He pagado la deuda. Así que puedes…

–No puedes haber hecho eso. Por favor, dime que esto es una broma.

Él frunció el ceño. Claramente esperaba otra reacción.

–Cuando se trata de dinero yo nunca bromeo. La deuda quedó saldada el lunes por la noche.

–¿Pero en qué demonios estabas pensando? Yo ya he… –Emily se dio la vuelta y se pasó una mano por el cabello, arruinando su pulcro moño por el camino–. Ya me han vuelto a liar. Otra vez.

–¿De qué estás hablando?

Emily se volvió hacia él. La sangre palpitaba en su cuello de pura rabia. La traición de Jimmy, las visitas del matón y, para colmo, la intervención de Zac…

–He pospuesto mi ingreso en la universidad –le dijo en un tono tenso–. Voy a recoger el cheque esta tarde… Incluso había conseguido una prórroga para pagar…

«Y Mayer lo sabía y se iba a llevar mi dinero también…».

Jamás se había sentido tan indefensa e impotente, no desde que tenía diez años. Primero habían sido

sus padres, luego Jimmy, y en ese momento… Zac…
Él miró a su comedida asistente con gran interés. Podía ver cómo crecía la tensión en su interior.

–No tenías por qué hacerlo –le dijo finalmente en un tono que él conocía muy bien.

–No fue nada.

–No –dijo ella, fulminándolo con la mirada–. No me digas que no fue nada. Yo sé cuánto dinero debía Jimmy –respiró hondo–. Así que eso significa que me tienes segura hasta que pueda devolvértelo todo.

–No te enteras de nada, Emily –le dijo él, mirándola fijamente.

–Y tú tampoco –le espetó ella y entonces cerró la boca.

Pero Zac ya había visto suficiente. Desprecio… Sentía desprecio por él. Furioso, frunció el ceño y la miró con un gesto implacable. Orgullo… Ésa era la última cosa que tenía en la mente cuando había salido al encuentro de Louie Mayer. Al principio todo lo que quería era darle una paliza al tipo, pero esa misma noche, en un ruidoso pub de la zona, había terminado poniendo un fajo de billetes sobre la mesa del corredor de apuestas más famoso de Gold Coast. Jamás hubiera imaginado que ella pudiera tomárselo así.

–Mira. Es muy sencillo –le dijo, molesto y cortante–. No se trata de retenerte aquí, ni de chantaje, ni nada parecido. Tú no tenías el dinero. Yo sí. Te amenazaron. No lo niegues –añadió al ver que ella abría la boca para protestar–. ¿Preferirías deberle dinero a un criminal antes que a mí?

Emily apretó los labios y tragó en seco. Su compostura se resquebrajó.

–No…

–Bueno, ahí lo tienes. Por lo menos yo no amenazaré a tu familia si no puedes pagar.

Emily levantó la barbilla con orgullo.

Zac casi se hubiera reído de ella de no ser por lo molesto que estaba consigo mismo.

–Oh, yo voy a pagarte –le dijo ella.

–Sé que lo harás –dijo él, asintiendo con firmeza–. Eres Emily Reynolds.

–¿Y eso qué significa?

–Quiero que seas la gerente del complejo Point One.

–¿Los nuevos apartamentos para ejecutivos de Sydney?

–Sí. No hace falta mudarse. Puedes hacerlo todo desde el despacho por videoconferencia. El sueldo es mejor, es un gran reto…

–Pero…

–¿Crees que no vas a poder con ello?

–No. ¡Sí! –Emily respiró profundamente–. Pero normalmente recurrimos a los servicios de Premier Events.

–Quiero abrir un nuevo departamento interno y tú conoces al personal y a los contratistas. Deberías hablar con Jenna, del departamento de contabilidad. Ella te ayudará a hacer el presupuesto y a reunir a un buen equipo. Cuando estemos en Sydney…

De repente el teléfono empezó a sonar. Zac miró la pantalla, frunció el ceño y entonces descolgó el auricular. Emily sabía que debía de ser alguien de su familia. Él sólo ponía esa cara cuando se trataba de ellos. Hizo ademán de marcharse, pero él la hizo detenerse con una seña.

–Como te decía… –le dijo nada más colgar. Sus ojos verdes denotaban exasperación–. Iremos a ver el terreno de Point One y conoceremos a la gente con la que voy a trabajar. Nos espera un fin de semana ajetreado.

Emily dio media vuelta y se marchó. Un fin de semana con Zac Prescott… Tragó en seco. El enjambre de mariposas volvía a revolotear en su vientre… No quería estar tan cerca de Zac.

«Maldita sea», masculló para sí.

Era una gran oportunidad profesional, pero tampoco quería estar cerca de un hombre que tomaba decisiones sobre su vida sin siquiera consultárselo; un hombre que no la quería como ella quería que la quisiera. Una ola de vergüenza y rabia le subió por las venas. Ella siempre había sabido cuidar de sí misma. La vida la había obligado a crecer muy deprisa. Era la única persona responsable en su familia y a los diez años había terminado en un hogar de acogida. Desde siempre había sabido que no tenía a nadie más, que sólo podía contar consigo misma y no necesitaba que un príncipe azul acudiera a socorrerla. Ni siquiera Zac Prescott.

Capítulo Tres

Igual que cualquier magnate de los negocios, el gran Zac Prescott disfrutaba de todo el lujo que sus millones le podían dar cada vez que viajaba, y Emily sentía una alegría secreta con todas aquellas exquisiteces, aunque no lo demostrara abiertamente. Sin embargo, esa vez era diferente. Apenas podía relajarse y era consciente en todo momento de la cercanía de él, de cada movimiento que hacía al cambiar de postura en la silla mientras trabajaba… Incluso las habitaciones contiguas que había reservado en el hotel de cinco estrellas de Park Hyatt habían cobrado un nuevo significado. Cuando entraron en el ascensor él apretó el botón que los llevaba al último piso y entonces ella sintió su abrasadora mirada.

–¿Traje nuevo?

–No –le dijo ella, lanzándole una mirada fugaz.

–¿Zapatos?

–No.

Él hizo una pausa.

–Te noto algo diferente.

–A lo mejor es que no llevo mis gafas color rosa.

No lo había dicho para hacerle reír, pero, dadas las circunstancias, fue un alivio verle sonreír.

–¿Eso significa que me has perdonado por meterme en tu vida y pagar esa deuda?

–No.

–¿Aunque te haya dado ese trabajo tan solicitado en Point One?

Ella arrugó los párpados y lo miró fijamente.

–¿Lo has hecho por…?

–No –le dijo él, mirándole de frente. Su diáfana mirada no dejaba lugar a dudas–. Una cosa no tiene nada que ver con la otra. Puedes hacer este trabajo sin necesidad de preocuparte por tu seguridad o por la de tu hermana.

«¿Por qué tiene que decirlo así?», se preguntó Emily, apretando los labios con la vista fija en las puertas del ascensor. Sus protestas y objeciones la hacían quedar como una desagradecida, y él lo sabía. Él volvió la vista hacia los números ascendentes de la pantalla y metió las manos en los bolsillos. Todavía sonreía cuando llegaron a la última planta.

Avanzaron por el pasillo y pronto llegaron a sus habitaciones. Emily se puso a buscar la tarjeta en el bolso.

–Te veo en una hora –le dijo él cuando por fin consiguió abrir.

Ella asintió tal y como había hecho miles de veces, sabiendo que él llamaría a su puerta exactamente sesenta minutos más tarde, listo para ponerse a trabajar. Nada más entrar en la lujosa habitación una pesada tensión se apoderó de ella. Arrojó el bolso sobre la cama y se desplomó en un mullido butacón color crema.

«Tienes que controlarte, Emily», se dijo a sí misma.

Se quitó los zapatos, se quitó las lentillas y se frotó los ojos. Trabajo. Estaba allí por trabajo. Además, fueran las que fueran las razones que lo habían llevado a saldar las cuentas de Jimmy, estaba en deuda con él y tenía que pagarle haciendo bien su trabajo.

Emily vio cómo le cambiaba el humor a Zac nada más atravesar las enormes puertas de cristal del edificio de VP Tech, situado en uno de los mejores barrios del norte de la ciudad. La expresión de su rostro era impenetrable, pero su forma de moverse auguraba una batalla. La prisa y la irritación hablaban por sí solos.

«Hazlo rápido y vete de aquí. No dejes que te pillen».

Aquellas palabras sonaron tan claras en su mente que casi pudo ver a su madre allí, de pie, susurrándole al oído con voz de borracha y los ojos dilatados por las drogas y el coñac. Emily contuvo la respiración y se detuvo justo a tiempo para no tropezarse con Zac. Él acababa de pararse frente a las puertas del ascensor. Subieron en silencio y, cuando las puertas se abrieron, salieron al pasillo de la planta de dirección. Un hombre de aspecto imponente los esperaba. El rostro de Zac se volvió hermético de forma automática. Cal Prescott era más alto y corpulento. Sus rasgos refinados denotaban sus raíces mediterráneas. Zac, en cambio, tenía la cara más angulosa, más aristocrática, y su complexión atlética y piel nórdica bronceada le daban un toque que lo distinguía de su hermano.

–Cal –Zac le estrechó la mano a su hermano, pero éste terminó dándole un efusivo abrazo.

Emily los observó en silencio. Cuando Zac consiguió zafarse había una expresión de incomodidad en su rostro. Dio un paso atrás y se aclaró la garganta.

–Ésta es Emily Reynolds, mi asistente personal.

–Un placer, Emily –le dijo Cal, sonriéndole y estrechándole la mano.

Sólo unos pocos clientes de Zac le estrechaban la mano y ver que el heredero del imperio VP Tech, Cal Prescott, estaba dispuesto a hacerlo, era más que sorprendente para ella. Además, a juzgar por la mirada de Zac, él también estaba asombrado.

–Lo mismo digo, señor Prescott.

–Bueno, vamos a la sala de conferencias –Cal le puso una mano sobre el hombro a su hermano–. Victor viene para acá.

–No vamos a quedarnos.

Cal se detuvo.

–¿Por qué no?

–Porque tengo un negocio que atender y, francamente, amenazarme con una rueda de prensa para hacerme venir aquí es una maniobra de lo más infantil. Sea cual sea el juego que Victor se trae entre manos, no tengo ganas de jugar.

–¿Victor te ha amenazado?

–Me dejó un mensaje en el buzón de voz.

–Estupendo. Muy típico de él –dijo Cal–. Bueno, entremos y se lo dices tú mismo –añadió, abriendo las puertas de la sala de conferencias.

Nada más sentarse, Zac volvió a tener aquella ominosa sensación de siempre. Aparte del desconcertante recibimiento de Cal, nada había cambiado por allí. Pero él sí que había cambiado. Todos los años que había pasado labrándose su propio futuro, lejos de la asfixiante influencia de Victor Prescott, le habían dado una nueva perspectiva de las cosas y le habían abierto los ojos. Aquellos años lo habían convertido en el hombre que era en ese momento.

31

–Bueno, ¿qué tal estás, Zac?

Su hermano mayor estaba sentado frente a él y su pregunta enmascaraba una gran curiosidad y expectación. Zac lo miró fijamente. Cal había sido lo único que le había dolido dejar atrás al marcharse de allí. Entonces sabía que iba a perder el respeto de su hermano al abandonar, pero tampoco había esperado aquel silencio cruel que había durado tanto tiempo.

Y un día, de repente, en el mes de agosto, había recibido una invitación a su boda; una invitación que había abierto las viejas heridas que tanto le había costado curar. No había asistido a la boda, pero, aun así, el clan Prescott se las había ingeniado para hacerle daño de nuevo.

–Todo va bien –le dijo Zac–. Hay mucha gente comprando en Gold Coast, gracias al escandaloso impuesto territorial de Sydney.

–Pero he oído que tienes un nuevo proyecto aquí.

Zac asintió.

–Unos bloques de apartamentos en Point One.

Cal miró a Emily y ella le devolvió la mirada con una sonrisa cortés. Abrió la libreta y se dispuso a tomar notas.

–¿Dónde te hospedas? –le preguntó Cal a su hermano.

–En el Park Hyatt.

–Qué bonito.

Se hizo un silencio incómodo que duró varios segundos.

–¿Tienes algo que hacer el quince de marzo?

–¿Por qué?

–Porque me caso. Segundo intento –añadió con una sonrisa.

–¿Y qué pasó con…? –Zac cerró la boca. Eso no era asunto suyo.

–¿No viste los periódicos?

Zac negó con la cabeza.

–Ava se desmayó. La llevaron al hospital. Hemos decidido posponerlo hasta que nazca el bebé en enero.

Zac frunció el ceño, desconcertado, sin saber qué decir.

–Enhorabuena, señor Prescott –dijo Emily de repente, pasando las páginas de la agenda–. Zac, tienes una reunión el día trece… –levantó la vista y se encontró con su mirada–. Pero no está confirmado –añadió con diplomacia.

–¿Vas a volver a rechazar mi invitación? –le dijo Zac con incredulidad.

Zac no sabía qué pensar. ¿Qué estaba ocurriendo? Después de varios años sin saber nada de su hermano, de repente irrumpía en su vida con una invitación de boda.

En ese momento entró Victor y la conversación cesó. Igual que todos los grandes hombres de negocios, Victor Prescott tenía una presencia poderosa.

«Prestigio, autoridad, carácter y derecho… Si consigues que la gente crea que tienes todas esas cualidades, entonces te respetarán…», solía decirle su padre. Zac tragó con dificultad. El lema de vida de Victor Prescott había estado presente en cada una de las lecciones que le había enseñado a su hijo. Pero lo más irónico de todo era que Zac había hecho uso de aquel consejo muchísimas veces a lo largo de los últimos tres años.

–Papá –dijo por fin, intentando sonar neutral e indiferente.

—Zac —dijo Victor, inclinándose sobre la mesa para darle la mano.

Zac le devolvió el apretón de manos y entonces volvió a sentarse.

—Mira, tengo una reunión esta tarde —dijo sin más preámbulo—. Así que os lo pondré fácil y rápido. Estoy aquí. ¿Qué queréis?

Victor hizo una pausa. Miró a Zac y después a Cal. Este último hizo un leve movimiento con la cabeza.

—Ya te lo dije. Tan pronto como firmes los papeles serás el nuevo director general de VP Tech. Al principio serás copresidente en la junta directiva —dijo Victor, ignorando el gesto malhumorado de su hijo pequeño—. Después, tras seis meses de prueba, cuando llegues a conocer bien el negocio, nuestros productos y clientes, asumirás el puesto de director general. Eso significa que…

—Espera un momento —dijo Zac, haciendo un gesto de impaciencia y fulminando a Cal con la mirada—. ¿Era cierto lo que dijiste el jueves pasado?

Cal asintió con la cabeza y Zac atravesó a su padre con la mirada.

—Tú eres el director general de VP Tech. ¿Adónde te vas?

—Creo que ya es hora de retirarse.

—¿Que te vas a retirar? —exclamó Zac, sin creérselo.

—Por así decir.

—Victor… —empezó a decir Cal, pero Victor lo hizo callar con una mirada y finalmente suspiró con un gesto de cansancio.

—Hace unos meses me operaron. Ahora me encuentro bien —dijo Victor—. Pero los médicos me advirtieron que debía trabajar menos.

–Entiendo –dijo Zac, mirando a su hermano mayor con sospecha y escepticismo–. ¿Y qué pasa contigo?

–Cal tiene una familia de la que ocuparse –dijo Victor con frialdad–. No necesita el estrés y la presión de este trabajo.

«Qué problema. Supongo que te llevarías un buen disgusto», pensó Zac para sí con sarcasmo.

–¿Y yo sí?

–Zac… –dijo Cal, pero la mirada incisiva de su hermano lo hizo callarse.

–Después de todos estos años –dijo Zac–. Después de pasar casi veinticuatro horas al día matándote a trabajar, ¿vas a abandonar el puesto más jugoso?

La expresión de Cal era impenetrable.

–Tal y como ha dicho Victor, ahora tengo una familia.

Zac los miró a los dos sin entender nada. Aquello era simplemente increíble.

–Así que los dos habéis pensado en mí para haceros el trabajo sucio. Una gran oportunidad para volver al rebaño de los Prescott. Qué bonito –escupió Zac con mordacidad.

Una ola de rabia incontenible empezaba a bullir en sus venas. En un tiempo pasado había hecho lo indecible por conseguir la aprobación de su padre, pero las mentiras y la manipulación de Victor se lo habían arrebatado todo.

«No puedo volver ahí», se dijo a sí mismo.

Se levantó rápidamente y se dirigió a la puerta.

–No. Gracias. Buscaos a otro.

–¡Zac! –Victor también se puso en pie y dio un paso adelante.

Zac se detuvo.

–Por lo menos, piénsalo. Se lo debes a…

–No, digas, ni, una, palabra, más –dijo Zac, recalcando cada palabra con furia. El pasado había vuelto de golpe, nublándole la mirada y el sentido.

–Eres un Prescott. Te guste o no –le dijo Cal con elocuencia–. Es parte de ti. Y esta empresa también.

Zac dio media vuelta y apretó los labios. Miles de comentarios envenenados luchaban por salir a la luz, pero consiguió tragárselos todos.

–Ése es tu sueño, Cal. Yo nunca lo he querido. Y te puedo asegurar que no voy a dejar que me involucréis en esto haciéndome sentir culpable –dijo y salió de la sala dando un portazo.

Emily salió tras él, desconcertada.

Mientras el ascensor bajaba, Emily se atrevió a mirar a Zac. Ella sabía que esa reunión era lo último que deseaba, pero el tumulto de emociones que atenazaba su bello rostro decía mucho más que eso. Al abrirse las puertas, Zac se lanzó hacia la salida dando largas zancadas. Para cuando atravesaron la puerta de salida, ya había vuelto a ser el de siempre, con su aire tranquilo y desenfadado.

–Tenemos una reunión con el equipo de Point One dentro de una hora.

–Bien –él miró el reloj y en ese momento empezó a sonarle el móvil.

Miró la pantalla y se lo guardó en el bolsillo.

–Vamos –le dijo a Emily.

–¡Zac! Espera.

Ambos se volvieron al tiempo que Cal salía por la puerta principal. De repente echó a correr para alcanzarlos. Emily miró a Zac. Éste asintió con la cabeza y ella se dirigió al coche.

–Pensaba que me había explicado con claridad –dijo Zac, dándose la vuelta lentamente.

–Sí, lo has dejado todo muy claro. Y no te culpo.

Zac puso cara de sorpresa y Cal soltó una carcajada.

–¿Crees que no conozco a Victor? ¿Tienes idea de todas las cosas por las que ha tenido que pasar en los últimos meses?

–Sí, gracias por incluirme.

–No seas imbécil, Zac. Sean cuales sean los errores de Victor, y ambos sabemos que ha cometido muchos, lo está pasando mal. Él…

–No quiero saberlo, Cal. He dejado todo esto atrás, por si lo habías olvidado.

–Sí. Lo has hecho.

–¿Y eso qué significa? –exclamó Zac, molesto por la pulla que le había lanzado su hermano.

–Te marchaste, no una sino dos veces. La primera vez, si no recuerdo mal, tenías dieciocho años y habías conseguido una plaza en aquella universidad de Suecia. Tenías que hacer las cosas por ti mismo, valerte por ti mismo. Pero la segunda vez, cuando te graduaste, viniste a casa una semana y a la siguiente ya no estabas. Ni una llamada, ni un correo electrónico… ¿Qué demonios querías que pensara?

Zac frunció el ceño.

–¿Habría supuesto alguna diferencia? Tú estabas del lado de Victor. Tú siempre…

Cal masculló un juramento.

–Eres mi hermano, Zac. Me debes una explicación.

–Victor pensó que también se la debía a él y mira cómo resultó todo.

Recuerdos afilados se abrieron camino entre sus pensamientos, asfixiándole.

—Oye, y si se trata de buscar culpables, ¿por qué demonios no te has molestado en llamarme hasta ahora? —se volvió hacia el coche. No estaba dispuesto a sentirse culpable por el remordimiento que asomaba en la cara de su hermano—. Tengo que irme.

—Zac...

Dio media vuelta y fue hacia el coche, hacia Emily, lejos del pasado.

Capítulo Cuatro

Siete. Zac miró el teléfono siete veces, pero no contestó a la llamada. A lo largo de la reunión con el equipo de Point One, se había dejado distraer más de una vez por el teléfono, lo cual no era propio de él.

–¿Te encuentras bien? –le preguntó Emily cuando la reunión llegó a su fin.

–¿Eh? Sí. Estoy bien –le dijo él, guardándose el teléfono en el bolsillo–. ¿Tienes alguna pregunta?

–Todavía no. Gracias –añadió cuando Zac le quitó de las manos la bolsa llena de documentos–. Tenemos que ir a ver el terreno a las cuatro. ¿Pido que nos traigan la comida?

Él asintió sin prestarle mucha atención. Su mente estaba a miles de kilómetros de allí, y Emily se preguntaba si pensaba en el negocio que se traían entre manos o en VP Tech.

Para cuando regresó a la suite, aquel estado de ánimo taciturno se le había contagiado; tanto así que apenas disfrutó del servicio de habitaciones que tanto le gustaba. Una y otra vez repasaba los papeles, pero sus pensamientos se iban a otra parte. Finalmente, a las tres en punto, se dio por vencida. Se puso en pie, inquieta, y caminó hasta las enormes puertas de corredera que daban al balcón. Apoyó la frente en el cristal y se permitió un instante de placer para recordar los labios de Zac, su aroma…

***

–Ya estamos aquí.

Acababan de llegar a Point One. Zac aparcó el vehículo y Emily miró por la ventanilla. El suelo estaba cubierto de plástico de construcción y de aglomerado. Inclinándose adelante, levantó la vista. Según lo que había leído el complejo iba a tener veinticinco pisos, veinte plantas de apartamentos, un gimnasio y muchas cosas más.

–Nos esperan en la suite del ático –añadió él, bajando rápidamente y ayudándola con el maletín.

Emily memorizó los nombres de todos los miembros del equipo; el ingeniero, el especialista en acústica, el de acondicionamiento... Sin embargo, los que verdaderamente captaron su atención fueron los hermanos de Sattler Design, la mayor empresa de diseño de interiores de la ciudad. Steve y Trish Sattler parecían modelos de portada de revista; sobre todo ella, una joven muy vistosa con una larga melena negra y unos enormes ojos marrones que no se apartaban de Zac. Éste, sin embargo, no se daba cuenta de eso. Estaba demasiado enfrascado en la discusión de trabajo. Emily levantó la vista de los bocetos justo a tiempo para ver la mirada de Trish. La joven miraba a Zac con algo que no podía ser más que lujuria, y en sus labios asomaba una sonrisa disimulada. Al ver que Emily la estaba observando, levantó una ceja y esbozó una sonrisa, de ésas de mujer a mujer. Sin darse cuenta, Emily bajó la vista y volvió a estudiar los bocetos.

«Otra ex en potencia...», pensó para sí. Cada semana tenía que responder a unas cuantas llamadas de ese tipo.

Fueron descendiendo desde la planta veinticinco hasta terminar en el vestíbulo del futuro restaurante balinés. La reunión había terminado. Emily les estrechó la mano a todos con una sonrisa. Por el rabillo del ojo pudo ver que Trish se acercaba a Zac.

—Solo quería darle las gracias por esta magnífica oportunidad, señor Prescott —empezó a decir la joven con una sonrisa que no hacía sino resaltar su llamativo pintalabios.

—Zac, por favor.

—Zac —dijo ella, casi susurrándolo.

Emily la observaba con disimulo, fingiendo mirar el teléfono para ver sus mensajes.

—Sattler Design tiene una gran reputación, señorita Sattler.

—Llámame Trish, por favor.

«Trish, por favor», repitió Emily para sí mientras examinaba su lista de llamadas.

—¿Tienes algún plan para la cena? Steve tiene otro cliente, pero he pensado que tú y yo podríamos discutir los últimos detalles y concretar mejor lo que realmente necesitas.

«Oh, por favor», pensó Emily, poniendo los ojos en blanco.

Zac, sin embargo, acababa de sacar el teléfono.

—No. Creo que de momento todo está bien como está. ¿Emily?

—¿Sí? —Emily parpadeó varias veces.

Zac y Trish la miraban fijamente.

—¿Tienes algo que concretar con Trish?

«Sí. Eres una más en una larga lista», pensó Emily, mirando a la joven.

Sonrió y sacudió la cabeza.

–Ahora mismo no. Pero seguro que necesitaremos hablar más adelante.

Zac le estrechó la mano a Trish y le dio las gracias por todo. El rostro de Trish no delataba sentimiento alguno, pero Emily sabía que aquella chica ya estaba recalculando la estrategia, buscando otra manera para conseguir su propósito. Era el mismo baile de siempre…

–¿Emily? ¿Te encuentras bien?

De repente sintió una mano en el hombro. Parpadeó varias veces y, al levantar la vista, se encontró con Zac. Había preocupación en sus ojos. Emily volvió a la realidad de golpe y se apartó rápidamente.

–Estaba pensando en Point One. Es… diferente a lo que sueles hacer normalmente.

–Llega un momento en que las grandes mansiones ya no son suficiente y entonces tienes que buscar un desafío mayor –le dijo él con una sonrisa al tiempo que le abría la puerta de cristal.

–Cierto. Los desafíos me gustan.

Él subió al coche detrás de ella y se ajustó el cinturón.

–¿Puedes con ello, Emily?

Sus ojos la hechizaban, con aquella expresión divertida y seria al mismo tiempo. De repente empezó a hacer mucho calor dentro del coche.

–Sí –dijo ella con un hilo de voz.

Él esbozó una sonrisa. Emily sintió que se le encendían las mejillas y al final terminó tosiendo.

–Sí –repitió con más firmeza–. Puedo con ello.

–Genial –dijo él, sin perder aquella sonrisa endiablaba. Se puso las gafas de sol y arrancó el coche.

Capítulo Cinco

La cena es abajo a las seis, habían metido la nota por debajo de la puerta.

Estaba firmada con una «Z» mayúscula.

Ella tenía pensado comer sola en su habitación, para así revisar los archivos y concretar su plan de acción. No quería compartir una cena íntima con él.

«No. Íntima no. Es sólo una cena de trabajo», se dijo, intentando restarle importancia. Hablarían de trabajo, tal y como habían hecho muchas veces. Ignorando la pequeña punzada de decepción que no podía evitar sentir, se dirigió hacia el restaurante del hotel a las cinco y cincuenta y ocho, con la vista al frente, los hombros erguidos y la cabeza bien alta. El Harbour Kitchen & Bar era uno de los mejores restaurantes de la zona.

En cuanto vio a Zac, sentado en una mesa junto a la ventana, se puso tensa como la cuerda de una guitarra. Él le apartó la silla para que se sentara y ella le dio las gracias con un hilo de voz. Su corazón latía desbocado y un extraño cosquilleo corría sobre su piel.

–¿Todavía llevas la ropa de trabajo?

–Sí.

«Preferiría que tú me la hubieras quitado», dijo una vocecilla traviesa dentro de su cabeza.

–Una vista maravillosa –murmuró finalmente, contemplando la extraordinaria puesta de sol.

–Siempre lo es –dijo él.

Por el rabillo del ojo le vio agarrar la carta y entonces hizo lo mismo. Mientras examinaba los manjares del restaurante, le observaba con disimulo. Su manos, bronceadas y varoniles, mostraban las cicatrices del trabajo duro, pero, aun así, se veían limpias e irresistibles. De repente él la miró y ella apartó la vista bruscamente.

–No sabía que habías estado casada.

–No es algo de lo que me guste hablar –dijo ella.

–¿De qué te gusta hablar? –le preguntó él, abriendo la carta.

Ella frunció el ceño.

–Vamos, Emily –dijo él–. Ya lo sabes todo de mí, sobre todo después de hoy.

–Eso no es cierto.

–Bueno, ¿qué quieres saber?

–Ya sé suficiente –ella levantó la carta para esconderse un poco, pero él puso su mano sobre el libro y la hizo bajarlo, obligándola a mirarle a los ojos.

–Tú me organizas, me das de comer, me das todo lo que necesito, cuando lo necesito. También lo sabes todo de mi vida privada, de mi familia. Eres casi como mi esposa profesional.

–¿Qué?

Él sonrió.

–Mi esposa profesional; una relación entre un hombre y una mujer basada en el trabajo. ¿No lo has oído nunca?

Ella sacudió la cabeza y fingió examinar los cubiertos.

–Pensaba que… después de tanto tiempo trabajando juntos, yo sería una especie de amigo; alguien en quien puedes confiar.

Emily levantó la cabeza bruscamente.

–¿Alguien que se mete en mi vida y salda mis deudas sin preguntar siquiera?

Él la miró fijamente. Parecía que había dolor en su mirada.

Arrepentida por lo que acababa de decir, Emily se mordió el labio inferior. Un rubor intenso inundó sus mejillas.

–Lo siento. No he debido decir eso.

Zac esbozó una media sonrisa.

–Supongo que me lo merecía. Por no haberte preguntado primero.

Ella guardó silencio. Sus diáfanos ojos azules no parecían dispuestos a perdonarle todavía.

–Me pasé de la raya. Y lo siento.

–De acuerdo.

Él la miró fijamente, tratando de descifrar aquella expresión impenetrable.

–¿Amigos? –le preguntó.

–De acuerdo –repitió ella, parpadeando rápidamente, y entonces bebió un poco de agua.

Zac apoyó los brazos sobre la mesa y esperó a que el camarero se acercara. Después de pedir la cena, la observó atentamente unos instantes. Ella no dejaba recolocar los cubiertos una y otra vez. La había visto desenvolverse sin problemas en innumerables comidas de negocios, pero las cosas habían cambiado. Él mismo las había cambiado al meterse en su vida privada. Había cruzado una línea, pero no era capaz de detenerse. Sentía un deseo irrefrenable por saber quién se escondía bajo aquella fría fachada, por descubrir quién era la verdadera Emily Reynolds.

–Debió de ser muy duro estar casada con alguien como…

–Zac –dijo ella en un susurro, como si le doliera demasiado–. Por favor, no.

–¿No qué? ¿No puedo lamentar que tu ex te haya hecho daño? A veces… –añadió, muy lentamente–. Los que están más cerca de nosotros son los que más daño nos hacen.

–Sí –dijo ella, apartando la vista. Le dio la vuelta a la copa de vino–. Creo que me tomaré ese vino.

Zac le sirvió un poco de vino blanco y decidió hablar de cosas de trabajo. Pasaron el resto de la velada hablando del proyecto Point One y, para cuando terminaron, la botella de vino se había acabado.

–Gracias –dijo Emily con entusiasmo cuando el camarero le puso el postre en la mesa. Era una deliciosa tarta de queso con frambuesas, su favorita.

El corazón de Zac empezó a latir con más fuerza al verla tan animada.

–¿Te gusta la tarta de queso con frambuesas?

–Me encanta. En esa pastelería que está enfrente de Valhalla hacen una tarta de queso buenísima –puso los ojos en blanco–. Con chocolate caliente. Está de muerte –añadió, tomando un bocado de tarta.

Zac se quedó en blanco.

–¿Cómo…? –tuvo que hacer un gran esfuerzo para seguir la conversación–. ¿Cómo lo conociste?

–¿A quién?

–A tu ex.

Emily dejó caer el tenedor sobre el plato con un pequeño estruendo y terminó de tragar antes de contestar.

Zac suspiró.

–Mira, no quiero que pienses que el dinero que te di estaba sujeto a unas condiciones. Pero me gustaría saberlo. Si tú quieres contármelo. Aparte de tu hermana, creo que no confías en mucha gente.

Emily guardó silencio unos segundos y, cuando por fin contestó, sus palabras sonaron cautas y calculadas.

–Mi historia no es tan interesante. Tenía veintitrés años. Era joven y estúpida, y estaba enamorada, o eso pensaba yo. Jimmy resultó ser un mentiroso y entonces murió.

–No creo que nunca hayas sido estúpida.

–Oh, te sorprenderías –le dijo ella con una pequeña carcajada.

Ambos guardaron silencio, mirándose fijamente. Los segundos se hacían interminables, pero había una pequeña esperanza. Parecía que aquella dura armadura se estaba resquebrajando, aunque sólo fuera una pequeña grieta. Zac se llenó de confianza.

–Se ahogó –dijo ella finalmente, bajando la vista–. Para ser surfista, es un poco irónico, ¿no crees?

–Lo siento.

–No tienes por qué –dijo ella, agarrando la copa de agua–. Ojalá estuviera vivo para darle una buena patada en el trasero.

Zac esperó a que se terminara la copa de agua.

–¿De verdad quieres saberlo? –le preguntó ella finalmente. Sus ojos brillaban como si se tratara de un pequeño desafío.

–Sí.

–Muy bien. Conocía a Jimmy hace tres años en un pub de Brisbane donde solía cantar con su grupo de rock. Él se creía una especie de dios del rock y esa imagen de rockero duro le funcionaba muy bien. En realidad era muy bueno, pero le faltaba disciplina y motivación. Al final la banda le echó. Hacía lo que le daba la gana y no se presentaba en los conciertos.

Zac asintió con la cabeza. No quería interrumpirla.

—La última vez que supe de él fue cuando firmó los papeles del divorcio, hace cosa de un año. Y ahora sé por qué. Estaba muy ocupado intentando encontrar una forma para quedarse con todo mi dinero —hizo una pausa al ver la cara que ponía Zac—. ¿Qué?

—Sólo estaba pensando que... —vaciló un momento—. No lo veo claro. ¿Tú, asidua de discotecas y pubs, casada con un rockero?

—¿Es que soy demasiado estirada y organizada para eso? —exclamó ella.

—Te gusta mantener el orden —dijo él—. Pero, sí, no parece propio de ti.

Emily sintió una punzada en el corazón. Aquella confesión no había satisfecho su curiosidad, tal y como ella esperaba.

—A lo mejor ésa fue mi pequeña rebelión —dijo, levantando la barbilla—. Emily, la rebelde. Ésa soy yo. O a lo mejor sólo quería...

«Que me quisieran...», pensó, aunque no lo dijera en voz alta. Mortificada, se mordió el labio. Creía que estaba enamorada de Jimmy, pero se había equivocado, igual que con todos los demás.

—¿Qué? —preguntó Zac.

—Nada.

—A lo mejor... Sólo querías soltarte un poco el pelo.

Ella frunció el ceño. Él se estaba pasando de la raya.

—Tú no...

–¿Que no te conozco? –su expresión permaneció impenetrable–. Sé que eres incapaz de irte a casa si tu escritorio no está perfectamente organizado.

–Ves mi escritorio decenas de veces al día –le dijo ella, restándole importancia.

–Te comes el sándwich de jamón sin patatas fritas.

–Eso…

–Te encanta el rosa y el azul, pero siempre te vistes de negro. No te permites ni un solo capricho. El maquillaje y las joyas te dan igual. Tienes el pelo rubio, pero te haces mechas cada dos meses –su mirada recorrió el rostro de la joven hasta posarse en sus labios–. Hueles a jengibre y a noches de verano –su voz se volvió profunda y aterciopelada–. Y sabes a…

–¡Para! –gritó ella–. ¿Cómo sabes a qué…? –hizo una pausa y entonces se dio cuenta–. Lo recuerdas.

Él esbozó una sonrisa culpable.

–Y tú también.

–Pero tú…

–Sólo estaba siendo caballeroso, esperando a que tú me dijeras algo. Pero como no lo hiciste, pensé que era un tema tabú del que no podíamos volver a hablar.

Emily abrió la boca para decir algo, pero las palabras se le atragantaron.

–No quería… –atinó a decir finalmente.

–Lo sé.

–Yo sólo…

–Lo sé.

–No volveré…

–Emily –dijo él en un tono brusco.

Ella se calló de inmediato.

–Ya basta de disculpas.

La expresión de su rostro era tan dulce y vulnerable que Zac se preguntó qué haría si intentaba besarla.

—Ni siquiera fue un beso. Más bien fue como un… —Emily le miró los labios—. Un roce. Un no-beso —añadió y entonces suspiró.

Al oír aquel leve suspiro Zac sintió que todo su cuerpo despertaba de un largo letargo.

—Sal conmigo —le dijo, sin pensar.

Emily dejó el tenedor en el plato.

—¿Qué?

Zac se acercó un poco más y respiró profundamente, aspirando su aroma.

—Sal con-mi-go —repitió cuidadosamente, enfatizando cada sílaba.

Una expresión de sorpresa y pánico afloró en el rostro de Emily durante una fracción de segundo.

—Muy gracioso —le dijo finalmente.

—No es una broma.

—Claro que no —dijo ella.

—No es una broma —repitió él, frunciendo el ceño.

—Déjalo ya, Zac. No tiene gracia.

—Yo no me estoy riendo —dijo él.

Ella bajó la vista hacia el plato.

—Seguro que hay un montón de mujeres mucho más apropiadas que estarían encantadas de…

—Pero yo te lo estoy pidiendo a ti.

Ella levantó la vista. Aquellas gafas de pasta de montura gruesa escondían unos ojos maravillosos. Zac sintió ganas de quitárselas.

—¿Por qué yo? Soy…

Él sonrió.

—Eres alguien que trata de esconderse detrás de esos trajes mustios y esos zapatos sobrios.

Ella se sonrojó y trató de esquivar su mirada.

–Y, a pesar de todos tus esfuerzos por parecer insignificante, me siento atraído por ti.

–¿Por ese no-beso que nos dimos?

–Sí –dijo él, intentando simplificar las cosas.

Parpadeando rápidamente, se quitó la servilleta del regazo.

–Trabajamos juntos –dijo, doblándola sobre la mesa.

–¿Y?

–No es muy profesional.

–¿Y quién lo dice? Yo soy el jefe.

–Exactamente. La gente empezará a hablar –por fin se atrevió a mirarle.

–No quisiera repetirme a mí mismo, pero ¿qué pasa con eso?

–Te debo dinero.

Él se echó para atrás en la silla y la miró fijamente mientras hablaba.

–Y acabas de saldar las deudas de mi ex, me has subido el sueldo y…

–¿Cuánto tiempo llevamos trabajando juntos?

–¿Qué clase de pregunta…?

–Cerca de dos años, ¿no?

–Sí.

–¿Y durante ese tiempo te he dado algún motivo para pensar que podría chantajearte, a ti o a alguien, de esa manera?

Ella guardó silencio, avergonzada.

–No quería decir eso.

–Bueno, pues lo has hecho.

–Mira, Zac –Emily respiró hondo y se echó hacia delante–. No nos estamos entendiendo. Te agradezco la oferta, pero…

Él frunció el ceño, visiblemente enojado.

–¿Me agradeces la oferta?

–En serio. Me siento halagada, pero…

–¿En serio?

–No, lo digo de verdad. Cualquier mujer se moriría por salir contigo, pero…

–Pero tú no.

Ella sacudió la cabeza.

–Definitivamente yo… no soy tu tipo.

Él se acercó un poco y ella retrocedió.

–¿Y cuál es mi tipo?

–Oh, alta, despampanante, con unas piernas larguísimas… Rica. Cualquiera de tus exnovias encaja muy bien en el perfil –hizo una pausa–. Trish Sattler encaja muy bien en el perfil.

Zac frunció aún más el ceño y le clavó una mirada que no dejaba dudas. Emily le observaba fijamente desde detrás de aquellas lentes gruesas, sintiéndose protegida detrás de ellas.

«Oh, Dios mío…», se dijo de repente.

–Lo dices en serio.

–Muy en serio.

–¿Sabes que los de contabilidad han puesto en marcha una porra para ver quién será tu próxima conquista?

Él se llevó la mano a la nuca y se alborotó el cabello.

–¿Y qué?

–¿Eso no te molesta?

–No mucho –dijo él, encogiéndose de hombros–. ¿Adónde quieres llegar?

–No es una buena idea –murmuró ella, como si hablara consigo misma.

–¿Vas a volver con lo del dinero? –le preguntó él, suspirando.

–¿Y cómo quieres que lo olvide así como así?

–Pues deberías. No es para tanto. Es lo que haría un amigo. Esto… –dijo, señalándola a ella y después a sí mismo–. Es algo totalmente distinto.

–Entiendo –dijo Emily, sintiendo un cosquilleo por dentro que la hizo apartar la vista.

–¿Y bien? ¿Qué me dices?

–Te digo que…

«Creo que estás loco», pensó para sí.

–Las aventuras en el trabajo nunca salen bien. Y cuando todo se tuerce, ya no hay remedio.

–¿Y qué te hace pensar que todo se va a torcer?

–Siempre es así.

Él guardó silencio un momento.

–¿Hablas por experiencia propia?

–No –dijo ella.

Él levantó una ceja con un gesto de escepticismo y ella tragó en seco.

–Yo no soy como tu ex, Emily.

–No. No lo eres –dijo ella, alisando el mantel una y otra vez.

–¿Y?

–¿Y qué pasa si resulta un desastre?

–Somos adultos, Emily. Si resulta un desastre, entonces pasaremos un par de semanas fastidiados, evitándonos el uno al otro, y después volveremos a ser colegas en el trabajo. Haremos nuestro trabajo, tú me devolverás ese dinero y después volverás a estudiar.

Emily se puso en pie de repente.

–Tengo que… irme.

Zac también se puso en pie.

–Te acompañaré a tu habitación.

–No es necesario.

–Lo es.

–No –dijo ella, fulminándolo con una mirada.

–No lo creo –dijo él, esbozando una pícara sonrisa.

–¿Qué?

–Me estás mirando de esa manera.

–¿De qué manera?

–Esa mirada de «no te metas conmigo, chaval».

Ella frunció el ceño y él se echó a reír.

–Es la mirada que pones con todos los clientes difíciles. Yo le llamo la mirada del Rottweiler. Nadie se atreve a llevarte la contraria cuando te pones así –la agarró de la cintura y la condujo al exterior.

–Muy bonito. ¿Acabas de compararme con un perro?

Él se reía sin parar. Cuando llegaron al ascensor, ella levantó la barbilla, enojada.

–¡Sí lo has hecho!

–He dicho que tienes una actitud muy canina. Hay una gran diferencia.

Las puertas se abrieron y ambos entraron. Zac apretó el botón y se recostó contra la pared. En sus labios había una sonrisa complaciente. Emily mantenía la vista fija en la pantalla electrónica. Cuando el ascensor se detuvo por fin, Emily salió como si un demonio la persiguiera. Al llegar a la puerta de su habitación, buscó la tarjeta en el bolsillo de la chaqueta con manos temblorosas, consciente en todo momento de la presencia de Zac.

Pasó la tarjeta una vez, y después otra, pero la luz no se ponía verde.

Mascullando un juramento, volvió a intentarlo. Seguía roja.

–Déjame a mí –dijo él, quitándole la tarjeta de las manos.

La pasó una vez, pero la luz siguió roja. Volvió a intentarlo.

–¿No podemos entrar por tu habitación? –le preguntó Emily, impaciente.

–Podríamos, pero…

–Entonces vamos.

Él la miró un instante, se encogió de hombros y sacó su propia tarjeta. El cierre se puso en verde a la primera; una gran ironía. Él empujó la puerta con el hombro y la dejó entrar primero. Emily atravesó el área del salón rápidamente y se dirigió hacia la puerta que comunicaba ambas habitaciones. Salió al descansillo entre ambas habitaciones y trató de abrir la puerta de su propia habitación. Estaba cerrada.

–Está cerrado.

–Lo sé –dijo él.

Emily se dio la vuelta de golpe y se lo encontró mirándola fijamente, con los brazos cruzados.

–¿Y por qué no lo has dicho antes?

–Lo intenté, pero estabas empeñada en huir de mí.

Ella parpadeó varias veces.

–¡Yo no estaba huyendo de nadie!

–Muy bien –dijo él. De repente fue hacia ella y trató de quitarle las gafas.

–¿Qué haces? –le preguntó ella, echándose hacia atrás y agarrándole el brazo.

Demasiado tarde. Él se las quitó fácilmente.

Las examinó unos segundos y entonces se sacó un pañuelo del bolsillo.

–Eres miope.

–Sí –dijo ella, frunciendo el ceño.

Él sopló sobre los cristales y empezó a frotarlos con el pañuelo. Una sonrisa traviesa acechaba en sus labios.

–No tienes que…

Se detuvo al verle soplar de nuevo sobre los cristales. Su aliento cálido empañaba la superficie.

De pronto sintió un agradable cosquilleo. ¿Cómo sería sentir esos labios sobre la piel? ¿Ese aliento?

No podía verle bien, pero sí sabía que estaba sonriendo, y eso significaba que sabía exactamente qué estaba pensando.

–No deberías usar estas gafas.

–Las necesito para ver –dijo Emily parpadeando a propósito–. Ahora lo veo todo muy borroso.

Él se movió y entonces pudo verle mejor.

–¿Así mejor?

Ella retrocedió un poco. Un torrente de sangre caliente recorría su cuerpo como una avalancha.

–Eh… No.

Antes de que pudiera decir otra palabra, él la agarró de la nuca y le dio un beso. La sorpresa la mantuvo inmóvil durante un segundo, pero entonces un calor inesperado la inundó por dentro, reviviéndola. Su boca cálida era firme y habilidosa. La besaba como si llevara toda la vida practicando. Era un beso experto, profesional. Él sabía lo que hacía, sabía cómo dar placer a una mujer. A través del sopor del deseo, Emily le sintió moverse, pegándose a ella, trasmitiéndole su propio calor. Sus labios se fundieron y ella gimió suavemente. Podía sentir las palmas de sus manos sobre las mejillas, acariciándola. De repente su virilidad pulsante empezó a crecer entre ellos y, poco a poco, como si sólo hubiera sido un sueño, Emily sintió que él se apartaba, que retrocedía. Aquéllos habían sido los segundos más deliciosos de toda su vida…

–Emily.

Ella abrió los ojos y le miró fijamente.

–No puedo… No puedo –dijo, tragando con dificultad.

–Em…

Ella agachó la cabeza y huyó hacia la puerta, con la vista baja. Zac fue detrás de ella, pero no lo bastante rápido. El estruendoso portazo puso punto y final a la frase que no había podido terminar.

–… ily –dijo, ante la puerta cerrada.

Con un suspiro de frustración, Zac miró hacia el techo y cerró los ojos.

«Maldita sea…».

Capítulo Seis

Él se quedó inmóvil durante una eternidad, intentando controlar su propio cuerpo.

De repente llamaron a la puerta.

Abrió la puerta de par en par. Era ella, cegada por la luz del sol, parpadeando sin cesar. Se había desabrochado la chaqueta. Debajo llevaba una camisa blanca por dentro de una falda que resaltaba cada una de sus curvas.

–Mi tarjeta funciona, pero necesito…

Zac no le dio tiempo para terminar la frase. La agarró de los brazos y tiró de ella hacia dentro, cerrando la puerta de una patada. Sin perder ni un segundo la acorraló contra la pared y la besó. Ella trataba de decir algo, pero no podía. Él le bajó la chaqueta hasta los hombros, le sacó la camisa de dentro de la falda, desesperado por sentir su piel.

«Sí», susurró para sí, cerrando los ojos y palpando su suave torso. Ella tenía las manos atrapadas detrás de la espalda, todavía en las mangas de la chaqueta.

–Quítate esto –le susurró él, tirándole de la camisa.

Ella guardó silencio y eso fue suficiente para Zac. Le abrió la camisa, haciendo saltar los botones, y se la quitó de los hombros. Emily por fin logró zafarse de la chaqueta y entonces abrió los ojos. Él seguía explorando cada rincón de su cuerpo, sin darle una tregua.

Aquello era lo que siempre había deseado, lo que

necesitaba. Y cuando él le levantó la falda hasta la cintura y le separó las piernas con la rodilla, ella gimió de placer. Llamaradas de un placer inimaginable la recorrieron por dentro cuando él le metió la mano por dentro de las braguitas y agarró su sexo desnudo. Podría haberse caído si él no la hubiera sujetado con firmeza contra la pared. Y cuando sus dedos se deslizaron dentro de ella y encontraron el punto más sensible de su feminidad, ella gimió y arrancó sus propios labios de los de él.

Era demasiado.

–Zac… ¿Qué estamos haciendo?

Él le agarró la barbilla con la otra mano.

–Te estoy tocando. Suéltate el pelo.

Con manos temblorosas ella se soltó el moño. Su copiosa melena le cayó sobre los hombros, sobre el rostro… Zac le apartó unos cuantos mechones de la cara. Aquellos ojos casi negros estaban llenos de deseo. Su aliento abrasador le acariciaba la mejilla.

–Suéltate por mí, Emily.

Ella pareció perder la razón. Cada latido de su corazón la hacía crepitar por dentro y la sangre corría por sus venas como una bola de fuego. Por fin logró asentir con la cabeza y enseguida Zac comenzó a besarla con voracidad. Un momento después deslizó un dedo dentro de ella y entonces el mundo se detuvo. Y cuando ya pensaba que iba a desmayarse, él tomó las riendas, marcando una cadencia firme y regular que cada vez aceleraba más y más. Emily vibraba de gozo. Él había prendido fuego a su piel y sus dedos jugueteaban con el lugar más sensible de todo su ser, una y otra vez, sin parar, hasta hacerla jadear sobre sus labios implacables, suplicante.

Su caliente humedad mojaba la mano de Zac. Su rostro estaba congelado en un gesto de puro placer.

–¡Emily! –exclamó él, tratando de mirarla a los ojos.

Pero ella le rehuía la mirada y trataba de empujarle hacia atrás.

–Vine a buscar mis gafas –murmuró ella.

Aprovechando el momento de desconcierto, se apartó de él y se arregló la ropa.

El aire estaba cargado con el aroma del sexo. El silencio era absoluto. Zac trató de recuperar la compostura. Ella estaba deliciosa con aquel aspecto desaliñado; el cabello revuelto, los labios hinchados... Todo lo que deseaba era llevársela a la cama y hacerle el amor toda la noche. Pero la expresión de su rostro era hermética y sus ojos bullían, confusos. Con sumo cuidado, buscó sus gafas y se las puso en la mano, cerrándole los dedos uno a uno.

–Buenas noches, Zac.

Todo lo que podía hacer era asentir con la cabeza.

Ella dio media vuelta y prácticamente huyó de la habitación.

Cuando la puerta se cerró, Zac soltó el aliento.

El sábado había pasado entre reuniones. Por la tarde Zac había aprovechado para reunirse con un posible cliente y le había dado la tarde libre a Emily. No la veía desde por la mañana.

Ya casi se había hecho de noche y al día siguiente regresaban a casa. Zac estaba sentado en la terraza de su habitación, en silencio. Detrás del hotel, el sol, como una bola incandescente, colgaba del cielo azul, tiñendo de rojo el firmamento y bañando de colores la Casa de la Ópera. De adolescente había estudiado el color, las formas y el juego de luces y sombras de Elizabeth Bay en numerosas ocasiones desde la ventana de su habitación. Había dibujado muchas de aquellas casas, algunos apartamentos, un edificio… ¿Dónde estaban esos dibujos?

No tenía ni la menor idea. Bebió otro sorbo de cerveza. A los dieciocho años había cambiado Australia por Suecia. Había rechazado una plaza en la Universidad Tecnología de Sydney para estudiar arquitectura en la Universidad de Lund. Victor se había enfurecido tanto que lo había dejado sin un centavo. Agarró la copa con fuerza. La vieja melancolía ya se estaba apoderando de él. Por mucho que fuera una leyenda en el sector, Zac conocía al verdadero Victor Prescott. Un mentiroso, un hipócrita… De repente oyó un ruido a su derecha que le puso los pelos de punta. Miró y entonces el mundo se detuvo un instante. Una fila de altas macetas dividía su balcón del de Emily y, gracias a la luz que brotaba de su ventana, podía ver su silueta claramente a unos metros de distancia. Ella estaba inclinada hacia delante, con las manos cruzadas sobre la barandilla. La camiseta rosa de manga larga que llevaba puesta le marcaba la cintura, insinuando unas caderas generosas. Los pantalones de chándal se le ceñían en el trasero. Zac recorría cada centímetro de su cuerpo con la mirada.

Ella estaba canturreando algo. Decía algo de una fiesta, que empezaba esa misma noche… Lionel Ritchie… Zac sonrió. De pronto ella se dio la vuelta, con los ojos cerrados y una sonrisa en los labios. Y entonces comenzó a bailar.

«Dios mío», se dijo Zac, observándola, extasiado.

Era absolutamente maravillosa. Sus caderas se movían al ritmo de la música, y sus hombros también. Zac entreabrió los labios y dejó escapar el aliento. Incapaz de aguantar más, puso los pies en el suelo. La cerveza se le derramó un poco. Pero ella seguía bailando, sonriendo y pronunciando la letra de la canción.

Y fue entonces cuando sonó el móvil. Zac lo agarró rápidamente y trató de apagarlo.

Demasiado tarde. Emily se había quitado los auriculares y no tardó en percatarse de su presencia.

–¿Zac?

–¿Sí? –le dijo él, sorprendido in fraganti.

–¿Me estabas…?

Zac no pudo evitar sonreír.

–¿Observando?

–Sí –le dijo él.

–Oh… –Emily entrelazó las manos, las soltó y entonces las puso sobre los muslos, avergonzada.

–¿*Dancing on the Ceiling*? Te gustan los ochenta, ¿eh?

Ella levantó la cabeza y asintió.

–Lionel Ritchie, Michael Jackson, Duran Duran… Prince. De todo un poco. *Baby I'm a star* es una canción muy buena para hacer footing.

–¿Haces footing? –Zac trató de no mirarle las piernas, pero no pudo.

–Casi todas las mañanas.

–A mí me gusta más el rock comercial.

–Oh, pues no sabes lo que te pierdes –dijo ella.

Ambos sonrieron y entonces empezó a sonar el teléfono de Zac.

–Yo… –Emily miró hacia su suite–. Debería ir a darme una ducha. Y tú deberías contestar.

Él apagó el teléfono y se puso en pie.

–Puede esperar… Ven aquí.

–¿Por qué?

Él sonrió de oreja a oreja al oírla contener la respiración.

–Para que pueda besarte.

–Ah…

Zac avanzó con impaciencia y finalmente se detuvo muy cerca de ella.

Emily apenas podía respirar teniéndole tan cerca. Retrocedió un paso, pero él le rodeó la cintura con el brazo y entonces sintió que se derretía contra él; una pared de músculos duros y macizos, una piel que se moría por probar… De repente él empezó a besarla en el cuello, probando su piel palpitante, y ella perdió la razón. Él era todo un hombre, caliente, fuerte… Unos brazos poderosos la rodearon, vigorosos y protectores. Ella lo sentía todo y su cuerpo se retorcía de placer, anticipando lo que ya había conocido la noche anterior. Tragó con dificultad y cerró los ojos. Él la besaba por el cuello, dejando un rastro de besos ardientes. Gotas de sudor corrían por la espalda de Emily y su cuerpo vibraba de deseo. Un ansia irrefrenable se apoderó de Zac de repente, obnubilándole el sentido, hinchando su entrepierna y arrebatándole el aliento. Ella sabía tan bien… Sus pechos turgentes se apretaban contra su pectoral. Siguió besándola, deslizando las manos sobre sus brazos, hasta la cintura, sobre su trasero… Ella gemía en sus labios.

–¿Puedes sentirlo?

Ella asintió con un jadeo que más bien parecía una súplica.

Zac se apartó poco a poco y la miró a los ojos.

–Emily, mírame –le dijo en un susurro.

Ella parpadeó un poco y finalmente le miró. Aquellos ojos azules, diáfanos y tranquilos, brillaban con la incertidumbre del momento.

–¿Puedes sentirme pero no puedes mirarme a los ojos?

Ella se mordió el labio inferior.

–Zac… Tengo que…

Él le puso un dedo sobre los labios.

–Sólo un beso. Y entonces puedes irte.

Con los ojos entreabiertos ella suspiró. Su cálido aliento acariciaba la cara de Zac, apagando las llamas que ardían bajo su piel.

–Muy bien.

Se besaron durante unos segundos y entonces él la sintió apartarse. Sus manos la sintieron alejarse en dirección a la puerta del balcón.

Cuando la puerta se cerró, Zac masculló unos cuantos juramentos, agarró la copa vacía y volvió al interior de la habitación. Al entrar se dio cuenta de que había alguien en su puerta y, teniendo en cuenta la energía con la que llamaban a la puerta, quien fuera debía de llevar allí un buen rato. Fue hacia la puerta de inmediato y agarró el picaporte.

–Zac, soy Cal.

En vez de abrir, miró por la mirilla.

–¿Qué quieres?

–Victor está muy enfermo. Lo sabes.

–¿Qué?

Cal hizo una pausa.

–No contestas a mis mensajes. ¿Podemos hablar cara a cara?

Mascullando otro juramento, Zac abrió la puerta.

Cal levantó las palmas de las manos con un gesto conciliador.

—No he venido para pelearme.

—¿Y entonces por qué estás aquí?

—Una tregua. Una pausa, lo que haga falta… ¿Puedo entrar? —preguntó Cal un momento después.

Zac se encogió de hombros, dio media vuelta y fue hacia la barra. Cal entró y cerró la puerta tras de sí.

—No tengo nada que decir. Todo el mundo sabe que VP Tech es tuyo.

—Sí, bueno… —la expresión de Cal era una mezcla de tristeza y disculpas—. Digamos que convertirme en el próximo Victor Prescott no es precisamente lo que quiero en la vida. El bebé llega en enero y me caso en marzo. Me gustaría poder tener una relación de verdad con mi esposa y mi hijo.

Los dos hombres se miraron durante unos segundos, sabiendo lo que había detrás de aquella frase. Zac no era capaz de recordar a su padre sin reuniones, compromisos, viajes de negocios… Hasta los siete años, momento en que su madre los había abandonado, había crecido en un hogar sin padre. No podía culpar a Cal por desear una vida normal.

—Conmigo no cuentes. Yo dejé de ser parte de esa familia hace mucho tiempo —dijo Zac, abriendo un botellín de cerveza.

—Oh, por favor, ¿qué demonios te hizo para que te volvieras tan cínico? Darle la espalda a toda la gente que… —Cal se detuvo y apartó la vista. Sus ojos echaban chispas.

—¿Se lo has preguntado? —preguntó Zac lentamente.

—Él no habla. Y tú tampoco —dijo Cal en un tono furioso—. Nadie quiere decir nada.

–Cal…

¿Pero qué podía decirle? Para Cal, Victor era su salvador, el hombre que les había sacado de la miseria a su madre y a él. Cal adoraba a su padrastro y Victor sentía predilección por él. Zac siempre se había sentido como la oveja negra, el hijo olvidado…

Cal siempre había sido el práctico, el inteligente, el que tenía los pies en el suelo… Mientras Zac desperdiciaba el tiempo rebelándose contra todo y contra todos, Cal había desarrollado One-Click, el paquete software más importante de toda Australia.

–Eso… pertenece al pasado, Cal –dijo finalmente.

–Tonterías. Está ocurriendo ahora –Cal le miró a los ojos–. Empezó cuando te fuiste a estudiar al extranjero.

Había empezado mucho antes de eso, pero…

–Tenía dieciocho años. De eso hace casi diez años.

–Sí.

–Cal… –le dijo en un tono de advertencia–. No sigas con esto. No te va a gustar lo que vas a oír.

Cal soltó una carcajada amarga.

–Nada de lo haga Victor puede sorprenderme ya. Va a retirarse de la empresa, hace donaciones benéficas, habla de invertir en un negocio pequeño… Y todo eso lo ha hecho un hombre que trató de casarme para no tener que decirme lo del tumor.

Zac se sobresaltó. Dio un paso atrás.

–¿Qué tumor?

–Victor tuvo un tumor cerebral –dijo Cal suavemente–. De hecho se quedó muerto durante un tiempo en la mesa de operaciones. Hubo un momento en que no supimos si lo conseguiría.

Zac se quedó desconcertado. El presente y el pasado se mezclaban en un torbellino de emociones.

–¿Y por qué nadie me dijo nada?

–¿Habrías contestado a mi llamada?

De repente una mano gélida recorrió la piel de Zac. La culpa y la vergüenza le sacudieron la conciencia.

–¿Está…?

–Ahora está bien –dijo Cal con firmeza–. Pero ya sabes cómo es… A Victor le gusta manipular. Eso es lo que sabe hacer. Pero eso no significa que la empresa debería sufrir las consecuencias.

Ambos guardaron silencio durante unos segundos.

–Muy bien –dijo Cal finalmente–. No quieres hablar conmigo. Después de todos esos años de silencio, no te culpo.

–Cal…

–No. Lo entiendo. Yo tampoco querría hablar conmigo… ¿Podemos dejarlo a un lado un momento? Necesito tu ayuda. Puede que no quiera estar al frente de la empresa, pero tampoco quiero ver cómo se estrella.

Una punzada de culpa sacudió las entrañas de Zac.

–¿Entonces lo dejas de verdad?

–Hay algo más en la vida que el trabajo.

–Dios mío, que Victor no te pille diciendo eso.

Ambos se rieron. Zac sacó otra cerveza del minibar y se la ofreció a su hermano.

–Así que los dos somos muy malos hermanos –señaló, sentándose en el sofá–. ¿Quieres sentarte?

Cal vaciló un instante.

–Si tú quieres... –dijo Cal finalmente.

Zac sintió el remordimiento en todos los rincones de su ser. Había una brecha de muchos años entre ellos y él era el culpable.

–Por favor. Siéntate –le dijo.

Capítulo Siete

El vuelo de las nueve sufrió un retraso de una hora. Emily siempre se había reído de AJ cuando hablaba de los presagios y el destino, pero, en ese momento, sentada junto a Zac en la sala VIP de Virgin Blue en el aeropuerto de Sydney, la idea ya no le hacía tanta gracia. Frunció el ceño, bebió un sorbo de capuchino y le miró disimuladamente. Él estaba sentado frente a ella. Sus ojos estaban escondidos detrás de unas caras gafas de sol, pero ella sabía que la estaba mirando, aunque también estuviera muy ocupado con su teléfono.

—Cal vino a verme ayer.

Emily levantó la vista.

—¿En serio?

Zac hizo una pausa.

—Le sugerí que sacara la empresa a Bolsa y que buscara a un director general. La idea no le pareció mal.

—Eso es bueno.

—Sólo si logra convencer a Victor.

—¿Y la boda? Ese fin de semana estás libre —le recordó ella.

—No sé. Hay muchas… —titubeó, como si estuviera buscando las palabras adecuadas—. Cosas difíciles de olvidar —dijo finalmente.

Ella asintió con la cabeza.

—A veces es mejor pasar página y mirar hacia delante.

–Exactamente –dijo él, mirándola de arriba abajo, estudiando la expresión de su rostro.

Llevaba una chaqueta gris oscuro, falda larga, una discreta camisa color crema, tacones de altura media…

Gris, discreta, sensata… Eso era lo que él veía, lo que todo el mundo veía… Pero él captaba algo más debajo de aquella fachada tan profesional y aburrida; algo que le había llamado poderosamente la atención… Aquel pellizco de placer la tomó por sorpresa, pero entonces anunciaron el vuelo y el momento se hizo añicos.

Pasaron veinte minutos, un tiempo interminablemente largo. Subieron a bordo del avión en silencio y en cuestión de segundos estuvieron en el aire. De repente bajó la presión y la sensación de mareo se disipó. Sin embargo, Emily seguía tensa, consciente en todo momento de la presencia del hombre que estaba a su lado, leyendo el periódico. La auxiliar de vuelo les ofreció café. Él aceptó con una sonrisa, bebió un sorbo y puso la taza en el portavasos que estaba entre ellos, rozándole el brazo accidentalmente. Ella parpadeó y bajó la vista, nerviosa. Él esbozó una sonrisa disimulada, se acercó un poco y puso su mano sobre la de ella. Emily no tuvo ni tiempo de sorprenderse.

–Zac…

–Emily.

–Estás… –miró furtivamente por encima del hombro–. Me estás tocando la mano.

–Sí, así es –cambió de postura y le rozó la pierna. Ella casi saltó en el asiento.

–Y ahora me estás…

–Tocando la pierna. Lo sé. ¿Y sabes qué más? –se

inclinó y le habló en un tono de conspiración–. Creo que voy a tener que besarte.

Aquella revelación tan directa la dejó petrificada, viendo cómo se acercaban sus labios sin poder evitarlo.

–No puedes –atinó a decir ella.

–Sí puedo –le dijo, sonriendo–. Y lo haré.

–Pero…

Su protesta fue sofocada cuando los labios de él le rozaron la mejilla, abrasándole la piel. Finalmente se posaron sobre el lóbulo de su oreja. Aquel aliento cálido se propagaba por su cuerpo, alborotando mariposas en su estómago.

–Alguien podría vernos –dijo ella, desesperada.

–Sí –dijo él, mordisqueándole la oreja.

Ella se tuvo que morder el labio para reprimir un suspiro de placer.

–No… –tragó en seco–. No podemos hacer esto aquí.

Él deslizó los labios sobre su cuello.

–Entonces dime dónde y cuándo.

Emily abrió la boca para decir algo, pero no era capaz. Eso era lo que tantas veces había soñado y, sin embargo… Él debió de sentirla vacilar.

–¿Esta noche? –le preguntó, insistiendo.

¿Esa noche? Emily cerró los ojos y trató de ignorar las caricias de sus labios sobre las mejillas.

–Tienes… lo de Josh Kerans esta noche –le dijo.

Él se detuvo y frunció el ceño, visiblemente irritado.

–Ya. La reunión informal en su casa de la playa. Tú también deberías estar allí.

–¿Por qué? –ella retrocedió. El calor que tenía en las mejillas ya empezaba a disiparse.

–Porque es un cliente y me ha invitado. Y ahora yo te he invitado a ti.

–Esto no… No –dijo Emily sacudiendo la cabeza.

–Esto es trabajo, Emily, no una cita. Jason, Mitch y June también estarán allí. Y tu compromiso con Point One significa que la gente necesitará verte como algo más que mi asistente. Y como yo voy, tú vas –para no sonar tan autoritario, Zac sonrió–. El trabajo en equipo es fundamental. Pero te prometo que… –esbozó una sonrisa pícara–. Te compensaré mañana.

Emily tragó con dificultad, pero no fue capaz de apartar la vista de él. Aquellos ojos profundos y ardientes lanzaban un mensaje.

«Quiero hacerte muchas cosas y sé que vas a disfrutar…», parecían decirle.

–Esto tiene que quedarse fuera de la oficina –dijo ella al final.

A juzgar por la expresión de su rostro, eso no era lo que Zac esperaba.

–Adiós a mis fantasías de sexo en la oficina.

–Lo digo en serio, Zac –dijo ella muy en serio–. No será de ti de quien hablen. Tú eres el jefe. A ti no te pondrán ninguna etiqueta.

–¿Por qué eso me suena…? –dijo él, arrugando los párpados.

–No importa cómo suene. No puede haber miraditas secretas, ni comentarios subidos de tono, nada de tocarse… Durante el día nuestra relación será estrictamente profesional.

Él guardó silencio durante tanto tiempo que Emily empezó a sentir mareos de tanto contener la respiración. Finalmente él asintió con la cabeza.

–Te recogeré a las ocho esta noche –agarró otro periódico y empezó a leer.

Emily miró a lo largo del pasillo. Una descarga de emoción recorría su cuerpo. ¿Cómo iba a sobrevivir al lunes, por no hablar de esa misma noche, sabiendo lo que le esperaba a la noche siguiente?

El opulento dúplex de doce habitaciones, propiedad de Josh Kerans, había sido todo un éxito para Valhalla. Era un diseño de Zac, con grandes ventanales que mostraban las maravillosas vistas de Broadbeach Waters en todo su esplendor. Emily contemplaba el atardecer. El murmullo de la gente, sus trajes caros y lujosos, las luces sutiles y los suaves acordes de la música de Mozart no parecían interesarle mucho.

«Cielo rojo vespertino, la esperanza es del marino…», se dijo, sonriendo para sí, y entonces miró a su alrededor. Los invitados se saludaban efusivamente, bebían champán y charlaban entre risas. Los ricos y famosos… en su salsa. Ninguno de ellos se hubiera fijado jamás en aquella espectacular puesta de sol para surfistas. Las olas rompían contra el descomunal yate de Kerans, que estaba amarrado al muelle. De repente sintió que alguien se acercaba. Era Zac. Sólo él podía producir ese cosquilleo en su cuerpo. Se volvió hacia él.

–Esto es increíble, Zac. Un gran trabajo.

–Gracias. ¿Quieres champán? –le dijo, ofreciéndole una copa y mirándola de arriba abajo. Al menos llevaba la falda por encima de la rodilla. Ése era el único cambio que se había permitido para la velada. Pero aún seguía vestida de negro y todavía llevaba aquellos zapatos de gruesos tacones, por no hablar de aquella

72

horrible chaqueta. Zac la miró con un gesto de resignación. Él mismo le había dicho que se trataba de trabajo, así que no podía esperar otra cosa

Ella aceptó la copa con un gesto nervioso y entonces bebió un poco, intentando no derretirse bajo su insistente mirada.

–Es…

–¡Zac! ¡Estás aquí! *Hur mar du?* –dijo una voz aterciopelada. Una mujer alta y morena se abría paso entre la multitud. Llevaba un vestido negro sin mangas que insinuaba un cuerpo escultural y un escote de infarto.

Haylee Kerans, la hija del cliente… Emily agarró con fuerza la copa. Otra de las ex de Zac, de ésas que nunca se daban por vencidas.

Zac se volvió hacia ella y Emily se quedó paralizada, sin saber qué hacer, escuchándoles charlar en sueco.

–*Kan du talar Svenska?*

Al ver que Emily se quedaba con cara de póker, la mujer esbozó una sonrisa condescendiente.

–¿No hablas sueco? Oh, deberías. Es una lengua muy musical. Zac es medio sueco y lo habla perfectamente –frunció el ceño con afectación–. Tendré que enseñarte… Emma, ¿no?

–Emily –dijo Zac.

Emily vio cómo se zafaba de la joven.

–Oh –los ojos de Haylee se volvieron afilados–. La guardiana de Zac. Tú eres la que desvía todas sus llamadas.

Emily parpadeó, sorprendida y molesta. ¿Acaso era su culpa que Zac fuera todo un experto en huir de las mujeres?

–Soy la asistente personal de Zac –dijo con ecuanimidad–. Él manda y yo hago.

Haylee levantó una ceja y miró a Emily de arriba abajo de la manera más descarada. Sin embargo, antes de que pudiera replicar, Zac intervino.

–¿Sabes dónde está tu padre?

La joven volvió a mirar a Zac y le dedicó una espléndida sonrisa.

–Donde siempre está –Haylee señaló la multitud de invitados–. Cerca de la barra, hablando de negocios, rodeado de sus amigos y colegas. Zac… –con un gesto juguetón, Haylee deslizó la punta del dedo índice por el brazo de Zac–. Deberías llamarme. Podríamos dar un paseo en ese coche tan potente que tienes –se inclinó hacia delante, buscando un beso.

Por cortesía, Zac dio un paso adelante y fue a besarla en la mejilla. Sin embargo, en el último momento, ella se giró y sus labios aterrizaron directamente sobre los de ella.

–Para más tarde –le dijo en un susurro y entonces fulminó a Emily con una mirada triunfal.

Zac agarró a Emily de la cintura y la hizo alejarse de allí.

–¿Que me va a enseñar? –masculló ella, furiosa.

–Ignórala –dijo él, abriéndose paso entre la gente.

–Oh, he querido hacerlo, pero es un poco difícil. Preferiría practicar la natación entre tiburones.

Él sonrió y entonces miró por encima del hombro. Haylee seguía donde la habían dejado. La sonrisa se le había borrado de la cara y su dedo meñique tamborileaba rítmicamente sobre la copa de champán. Nunca sería capaz de entender a las mujeres. Lo de Haylee había sido divertido durante un par de meses. Ella era impulsiva y desenfadada. No parecía tan obsesionada por estar perfecta, al menos no tanto como sus otras ex. Además, como había crecido en la opulencia, no se había dejado deslumbrar con sus millones. Sin embargo, con el tiempo, ese entusiasmo despreocupado se había convertido en una obsesión asfixiante. Siempre tenía que saber dónde y con quién estaba, cuándo volvería… Aquello le había hecho dar marcha atrás sin pensárselo dos veces.

–Lo siento –murmuró.

–¿Por qué?

–Por haberte puesto en el medio del fuego cruzado.

Ella se encogió de hombros.

–No te preocupes. He visto cosas peores.

–¿En serio?

Ella se detuvo de golpe, obligándole a detenerse también.

–Yo soy la que contesta al teléfono, Zac. Tengo que deshacerme de todas tus ex todas las semanas. Me gritan, me engañan, me amenazan… Algunas incluso me suplican y se ponen a llorar.

–Estás de broma.

–No.

Zac se le quedó mirando, desconcertado. Abrió la boca para decir algo, pero en ese momento alguien le puso una mano en el hombro.

–Zac, ¿cómo va todo por Sydney?

Era Joe Watts, el ingeniero jefe de Valhalla.

Emily se quedó a su lado en silencio mientras él charlaba con Joe. Miró a su alrededor y sus ojos se toparon con Haylee Kerans una vez más. La morena era el centro de atención en un grupo de hombres. Aquella exhibición constante sólo indicaba una cosa: ella siempre necesitaba ser la protagonista. La hija del millonario no era de las que se dejaban eclipsar y sólo tenía que manipular un poco a su padre para conseguir lo que quisiera. Una mujer peligrosa… Emily la vio devorar a Zac con la mirada una y otra vez. Rápidamente se disculpó y fue al cuarto de baño.

Capítulo Ocho

El viaje de vuelta fue igual que el de ida. La música aliviaba el incómodo silencio. Zac miró a Emily de reojo. Ella miraba por la ventanilla. Se había desabrochado el último botón de la blusa y se había desarreglado un poco el moño. Varios mechones de pelo flotaban alrededor de su cara.

–¿Qué tal van los preparativos del lanzamiento? –le preguntó. No había sido capaz de verbalizar el piropo que tenía en los labios.

–Tendré las últimas estimaciones mañana –dijo ella.

–Muy bien –dijo él, sonriendo.

–Y… –ella hizo una pausa al tiempo que el coche doblaba la esquina, pasando por delante del Currumbin Surf Club a la derecha.

–Estoy esperando que me llamen de la Universidad de Queensland, para ver si puedo empezar en el segundo semestre. En abril.

–¿Puedes hacer eso?

–Depende. Y ya tengo un plan para devolverte el dinero.

–No hay prisa –la miró un momento, pero fue incapaz de saber qué estaba pensando.

–No me gusta deberle dinero a la gente.

Finalmente llegaron a su calle y él detuvo el vehículo junto a la acera. Al apagarse el motor, sólo quedó un pesado silencio entre ellos. Nubes oscuras ocultaban la luna y estaba muy oscuro. Zac abrió la puerta del conductor y entonces se encendió la luz interior. Se volvió hacia ella lentamente, obligándola a mirarle a la cara.

—Emily —le dijo, sujetándole un mechón de pelo detrás de la oreja.

—¿Sí?

Él vaciló. De repente no sabía qué decir.

«Admítelo. Todas esas mujeres te han malcriado; esas mujeres seguras de sí mismas y atrevidas que sabían lo que querían e iban directamente a por ello».

En realidad era algo más que eso. Le habían convertido en un cínico que era incapaz de emplearse a fondo para seducir a una mujer. En ese momento ella entreabrió los labios y Zac se rindió. Agarrándola de la nuca, tiró de ella y le dio un beso en los labios. Fue tan delicioso y dulce como antes. Sus labios eran suaves y turgentes, exquisitos. Mientras la besaba sintió que su propio cuerpo volvía a la vida. Exploró su boca, buscando las curvas, los rincones, su lengua… Al principio ella la escondía, pero finalmente la enredó con la de él hasta hacerle perder la razón.

«Para…», se dijo Zac a sí mismo. Emily le acariciaba la nuca suavemente, pero eso era más que suficiente para él. Tenía que parar antes de que las cosas se descontrolaran. Haciendo un gran esfuerzo, se separó de ella con un gruñido. Ella frunció el ceño y abrió los ojos de golpe.

—Mañana por la noche —le dijo, bajando del coche—. En mi casa.

Ella asintió rápidamente y salió a la acera.

—Gracias por el viaje.

—Ha sido un placer —le dijo él, cruzando los brazos y apoyándose contra el capó del coche.

Ella dio media vuelta y se dirigió hacia las escaleras sin mirar atrás. Cuando llegó a la puerta se volvió un instante y entonces entró.

Zac subió al coche y arrancó. Las luces del salón se habían encendido. No sin reticencia, echó a rodar rumbo a Surfers. Las veinticuatro horas siguientes se le iban a hacer muy largas.

Después de salir a correr por la playa, igual que hacía todas las mañanas, Emily se dio una buena ducha y se preparó para ir al trabajo. Sin embargo, ese día no se puso el perfilador y el bálsamo labial que solía usar a modo de pintalabios, sino que agarró el untuoso y sensual brillo de labios que su hermana le había regalado para su cumpleaños. En lugar de hacerse el moño de siempre, se recogió el cabello en una coleta y se fue a trabajar. Al entrar en el vestíbulo del edificio, se dirigió hacia los ascensores. No había nadie por allí, ni el guardia de seguridad, ni los trabajadores habituales. Al llegar al despacho, dejó el bolso, puso el café sobre la mesa y encendió el ordenador. De repente vio el teléfono de Zac y una nota pegada al teclado.

Estoy en una reunión, decía el papel.

Emily arrugó la nota y la metió en la trituradora. En ese momento entró el mensajero de la empresa. El hombre sonrió y le dejó un montón de cartas sobre la mesa.

—Gracias —dijo ella y, justo en ese momento, comenzó a sonar el teléfono de Zac.

Era un número desconocido… Un mensaje de texto… Activó la pantalla táctil y desplegó el mensaje.

¿Viste mi foto la otra noche?

Emily se recostó en la silla y empezó a mover una pierna. Los clientes de la empresa solían enviarle fotos de la casa a Zac, pero ¿por qué no estaba ése en su lista de contactos?

El teléfono volvió a sonar y Emily saltó en el asiento. *Ésta es mejor. Llámame.*

Cuando apretó el botón del adjunto, se quedó de piedra. Era Haylee, lanzando un beso a la cámara, desnuda de cintura para arriba. Emily puso el teléfono sobre el escritorio rápidamente. El corazón se le salía del pecho. Zac no podía haberlo hecho. Él no era así, pero… Siempre le daba el número de teléfono de la oficina a sus novias, nunca el móvil. Agarró el móvil nuevamente y buscó la lista de llamadas entrantes. El número de Haylee aparecía entre tres y cinco veces al día. Intentando mantener la calma volvió a dejar el teléfono sobre la mesa. Sólo había una explicación razonable. Haylee le estaba acosando. Entrelazó las manos detrás de la cabeza y levantó la vista al techo.

«Piénsalo bien. Has conocido a esa mujer. Conoces a Zac…».

Cuando Zac volvió, una hora más tarde, ya estaba preparada.

—¿Alguna llamada? —le preguntó él con una sonrisa al tiempo que ella le daba el correo y el móvil.

—Cal ha llamado de nuevo.

—¿Y Victor? —preguntó él, poniéndose serio.

—No. Pero Haylee te ha mandado un mensaje.

—¿Qué quería?

—Era una foto.

Sus ojos debieron de delatarla porque la mirada

de Zac se oscureció de inmediato y entonces masculló un juramento.

–Lo siento. Pensaba que había zanjado el tema. Déjamelo a mí –se volvió hacia su despacho.

–Te está acosando.

Él se detuvo en la puerta y sacudió la cabeza lentamente.

–No. Es que Haylee está un poco…

–¿Loca?

–Es un poco obsesiva –dijo él con una sonrisa–. La traté con sutileza, pero ella se lo ha tomado como una invitación a intentarlo con más entusiasmo.

Zac nunca era desagradable. Ella era la que siempre se ocupaba de comprar el ramo de flores; ése que le enviaba a sus novias cuando rompía con ellas, acompañado de una nota. Y ése debía de ser el motivo por el que muchas de sus ex se negaban a darse por vencidas. Emily suspiró.

–¿Quieres que te consiga un nuevo número de móvil?

–Es buena idea –dijo él, asintiendo con la cabeza y lanzándole el teléfono.

Ella lo agarró con destreza.

–¿Estás lista para ponerme al día con lo de Point One?

–Sí –dijo ella. Agarró una carpeta y se puso en pie.

De repente se dio cuenta de que él la miraba con insistencia.

–¿Llevas un nuevo peinado?

La joven guardó silencio.

–Me gusta.

–No es ése el motivo del cambio –dijo ella, frunciendo el ceño.

Él sonrió con escepticismo.

–Esta tarde tengo unas cuantas inspecciones, así que llegaré a casa a eso de las siete y media –añadió, dejando caer el comentario.

Pero la información se quedó en el aire. Emily guardó silencio y se dedicó a preparar los documentos para realizar su exposición. Mezclar el placer con los negocios nunca era buena idea.

Capítulo Nueve

Emily apartó de su mente todo lo que no fuera trabajo y consiguió pasar el día sin perder la cordura. Por suerte, Zac se había marchado a las dos y ya no regresaría ese día. Había sido una jornada ajetreada, pero tampoco había ocurrido nada especial. Cal y Victor habían llamado y algunos empleados le habían hecho algún comentario sobre su pelo, pero nada más. A las siete apagó el ordenador, cerró el despacho y se preparó para irse a casa. A las siete y cuarto aparcó en la esquina de la casa de Zac, apagó el motor y se quedó en el coche en silencio. Era la hora. Conocía todos los códigos de acceso a la casa y tenía la llave.

Justo cuando se disponía a abrir la puerta vio las luces de un coche que se acercaba por el espejo retrovisor. Titubeó un instante y un segundo después un elegante deportivo pasó por su lado lentamente. De repente, tras pasar por delante de la casa de Zac, el vehículo aceleró y salió a toda velocidad. Emily sacudió la cabeza y respiró hondo. Agarró el bolso y bajó del coche.

Si hubiera podido ir a ciento veinte por la congestionada Pacific Highway, lo hubiera hecho. Demasiado lento. Demasiado lento. El corazón de Zac latía rápidamente y el tráfico se movía al ritmo de las tortugas, parando en los semáforos una y otra vez. Nubarrones oscuros se cernían sobre la ciudad, cargados de lluvia. El volante se quejaba bajo su agarre de hierro. Quería tenerla en sus brazos en ese momento, quería sentir sus labios, su aliento cálido, su piel aterciopelada, quería sentir sus piernas alrededor de la cintura. Miró el reloj. Eran las siete y cuarenta. Masculló un juramento.

–Vamos… Vamos… ¡Por fin!

En menos de cinco minutos llegó a casa y, justo cuando estaba metiendo el coche en el garaje, empezaron a caer las primeras gotas. Agarró los paquetes que tenía en el asiento del acompañante, cerró el vehículo y entró por la puerta del garaje. Dejó las llaves en la mesa del vestíbulo y avanzó por el pasillo. Se detuvo un momento en el salón y puso la bolsa de comida para llevar sobre la mesa.

–¿Emily? –su voz retumbó en la quietud de la noche.

–¿Sí?

Se dio la vuelta. Ella estaba de pie frente a la ventana. Su oscura silueta se dibujaba sobre la vista del océano embravecido y las nubes negras que descargaban su torrente de agua.

–¿Has ido de compras? –le preguntó ella.

Él encendió una lámpara.

–He comprado comida –le dijo, notando cómo sujetaba el bolso contra su pecho, como si fuera un escudo protector.

Con un dedo levantó el otro paquete por las finas asas.

–Y esto es para ti.

–No tenías que comprarme… –dijo ella, frunciendo el ceño.

–Pero quería hacerlo. Hay una gran diferencia.

–Zac…

–Sólo pruébatelas. Si no te gustan, las devolveré. Por favor –añadió con una sonrisa.

Ella parpadeó y agarró la bolsa. Vaciló un momento y finalmente se rindió con un suspiro.

–Muy bien.

–Adelántate –le dijo él–. Yo subiré la comida y las bebidas.

Emily subió las escaleras lentamente, consciente de su mirada en todo momento. Se detuvo en lo alto. La pequeña entrada se prolongaba hasta convertirse en el dormitorio en el ático de Zac. Apenas se fijó en los muebles oscuros, las fotos de la pared, la ventana que daba a la bahía… Su corazón latía demasiado rápido como para fijarse en otra cosa que no fuera la cama deshecha. La cama de Zac… El lugar donde dormía con otras mujeres… No. Emily dio media vuelta y se miró en el espejo. Se sacó la blusa de la falda y se desabrochó los botones. Debajo llevaba ese sujetador de algodón blanco con florecitas azules que tanto le gustaba. Esa mañana había intentando ponerse uno rojo, mucho más seductor, pero el tejido le daba tantos picores que no lo había podido soportar ni un minuto. Al final lo había metido en el bolso y había recurrido a su sostén de algodón de siempre. Limpio y bonito, pero sencillo y, al fin y al cabo, de algodón. De pronto reparó en el regalo que él le había dado. Debía de ser lencería. Los hombres eran así de predecibles. Sacó la caja de la bolsa. Era demasiado grande como para ser lencería. Eran zapatos. Abrió la tapa y entonces se llevó una gran sorpresa. Su corazón empezó a latir con más fuerza. Dentro había unas maravillosas sandalias con los tacones cubiertos de terciopelo blanco y pétalos plateados de organdí que caían desde el tobillo hasta los dedos.

–Oh, Dios mío –exclamó para sí. Se las probó y, al mirarse en el espejo, tuvo que contener la respiración. Aquellas sandalias maravillosas no sólo eran preciosas, sino que también le hacían las piernas más largas y esbeltas.

–Zapatos mágicos –se dijo, mirándose una y otra vez.

De pronto reparó en el sujetador nuevamente y entonces se decidió a sacar el sostén rojo del bolso. Se lo puso. Era demasiado pequeño. Por mucho que intentara acomodar sus pechos dentro de las copas, siempre sobresalían demasiado por encima del escote. Resignada, se concentró en el pelo. Se hizo una coleta y trató de darle un poco de volumen.

Y fue en ese momento cuando Zac la vio; arreglándose el pelo frente al espejo, con la falda medio subida hasta los muslos y esas extraordinarias sandalias que hacían interminables sus piernas. En ese momento ella se incorporó y Zac casi derramó el vino. Ella tenía los pechos más exquisitos que jamás había visto, apenas contenidos en aquel sujetador rojo fuego. Era una pieza de lencería tan escotada que casi se le veían los pezones.

Soltó el aliento de golpe y Emily se dio la vuelta, ruborizándose de inmediato.

–No te muevas –le dijo él.

Ella se quedó quieta, con las manos entrelazadas. Él la observaba, recorriendo su cuerpo con la mirada.

–¿Te gustan los zapatos? –le preguntó finalmente, dejando la bolsa y el vino sobre una mesa.

–Sí –dijo ella, después de aclararse la garganta–. Son absolutamente maravillosos.

Zac sirvió una copa de vino y se la ofreció. Ella la

aceptó con temor y cautela. Era divertido verla así, fuera de contexto, en falda y sujetador, y con unos tacones de doce centímetros.

–Gracias –le dijo antes de beber un sorbo de vino.

Él deslizó un dedo sobre su antebrazo desnudo y entonces ella retrocedió, derramando un poco de vino sobre su propia mano.

–Lo siento –murmuró, interceptando unas gotas de vino que corrían por la superficie de la copa antes de que llegaran a mancharla.

–Te has manchado un poco –dijo él.

–¿Dónde?

–Aquí –con una mano firme la atrajo hacia sí, se inclinó sobre ella y le lamió el labio inferior.

Ella contuvo el aliento, parpadeando. Zac sonrió. Bebió un sorbo de vino y entonces le dio otro beso. Ella se tragó el vino y gimió suavemente. Él la sujetó con fuerza y empezó a besarla con más energía, embriagado por el alcohol y desesperado por el deseo. Ella empezó a sentir un dolor palpitante en los pechos y entonces empezó a apretarse contra él, gimiendo una y otra vez. Él le metió la pierna entre los muslos.

A través de una tupida cortina de deseo, Emily sintió que la empujaba hacia atrás y, de repente, cayó sobre la cama. Ambos se fueron abajo. Él amortiguó el golpe, sin dejar de besarla. Ella sintió que la carne se le ponía de gallina al entrar en contacto con la sábana de satén, pero él le puso las manos sobre el vientre y ella se estremeció. Al oírle reírse, abrió los ojos. Estaba encima de ella, y el pelo, demasiado largo ya, le caía sobre la frente, dándole un aire libertino y salvaje. De repente, él le agarró un pecho, buscó su pezón endurecido y empezó a juguetear con él, dejándola sin aliento. Lentamente le quitó el sujetador y empezó a lamerla.

–Zac, por favor…

–¿No quieres que siga? –le preguntó él, sonriendo mientras le lamía un pezón.

–Sí… No… Es que… –contuvo el aliento mientras él le lamía el pezón–. Es demasiado.

–Hmmm –murmuró él. Cuando se apartó de ella, ella abrió los ojos de par en par. Haciendo alarde de una gran concentración, deslizó la mano a lo largo de su vientre, pasando por encima de su ombligo y deteniéndose allí donde se le había abullonado la falda. Una ola de pánico se apoderó de ella cuando él empezó a moverle las caderas para quitarle la falda. No había tenido tiempo de cambiarse las braguitas blancas de algodón, pero tampoco tenía que haberse preocupado tanto. Él la miraba a la cara fijamente, observando su reacción. Lentamente puso la mano sobre su sexo, cubierto por el fino tejido de la braguita, y empezó a tocarla en la parte más íntima, desencadenando olas de placer que la recorrían de arriba abajo.

–¿Demasiado? –le preguntó de nuevo, sonriente.

Sin esperar una respuesta, deslizó un dedo por dentro de la cinta elástica de sus braguitas y lo introdujo dentro. La urgencia de sus besos era inconfundible. Sus labios y su lengua no hacían otra cosa que avivar el fuego que ardía entre ellos. Ella no se pudo resistir cuando él le apartó las piernas y comenzó a masajearla en sus labios más íntimos. Estaba tan excitada, tan húmeda… Gimiendo, se apartó de ella un instante, se quitó la camisa y después los pantalones, hasta quedarse completamente desnudo. Buscó una cajita de preservativos en la mesita de noche, sacó uno y se lo puso. Se reunió con ella en la cama, le quitó las braguitas con un gesto ágil, se colocó entre sus piernas y entró en su sexo caliente y húmedo. Ella contuvo el aliento, pero esa vez pareció que el aire le salía del alma, más que de los pulmones. Arqueó la espalda, echó atrás la cabeza y se dejó llevar. Con los dientes apretados, él comenzó a moverse adelante y atrás; una sensación exquisita… Fricción, caliente y placentera. Apenas tenía aliento y el corazón le latía muy rápido, como si pudiera explotar en cualquier momento. Empujó con fuerza, muy adentro, y Emily gimió de gozo. Ella se movía con él, agarrándole de las caderas, con los labios sobre su oreja.

Zac le agarró el trasero y empujó más adentro. Ella jadeó, gritó, hundiendo los dientes en la carne de su hombro. Y justo cuando pensaba que las cosas no podían llegar más lejos… Ella le mordió, levantó las caderas y enroscó las piernas alrededor de su cintura.

–Zac… –le miraba fijamente, con las mejillas encendidas y la boca entreabierta.

–Yo… Es…

–Agárrate –le dijo él, acelerando el ritmo.

Ella hizo lo que le pedía y escondió el rostro contra su hombro. Dentro de ella podía sentir cómo se le contraían los músculos, preparándose para el orgasmo. Con un gemido gutural, él la besó de nuevo y entonces ocurrió. Con un grito profundo, ella echó atrás la cabeza y se contrajo por dentro, vibrando de gozo. Él ya no pudo aguantar más. Clavándole las uñas en la piel, se dejó llevar por la ola de lujuria. El orgasmo los sacudió a los dos con una fuerza arrolladora. Él llenaba cada rincón de placer, y sus cuerpos se estremecían al ritmo del éxtasis. Una felicidad infinita crecía dentro de ella. Nunca había estado tan cerca del… paraíso.

Capítulo Diez

Se podía aprender muchas cosas de la forma en que una mujer movía las manos al hablar. Algunas gesticulaban mucho, y otras usaban las manos de forma inconsciente, o bien para conseguir un efecto concreto. Emily era de éstas últimas.

Zac se quedó mirando la puerta cerrada un momento, pensativo, y entonces miró los restos de la hamburguesa que acababa de comerse. Recogió todo y lo echó a la basura. Se levantó de la silla y abrió la puerta.

—Cancélalo todo para la una —dijo, consciente de que su voz sonaba un poco dura—. Voy a salir.

—¿Estarás de vuelta para las tres y media? —Emily asintió y descolgó el teléfono.

Nada de preguntas, ni miradas interrogantes, nada más que aceptación y complacencia... Esa compostura imperturbable; esa eficiencia impasible lo volvía loco.

—Sí.

Salió del edificio a toda prisa y se subió en el coche. Un impulso repentino de conducir se había apoderado de él. Y eso fue lo que hizo. Condujo rumbo al norte, por la carretera de Gold Coast y se dirigió a Seaworld. Pasó por delante de Palazzo Versace, del Sheraton Mirage, varios restaurantes... El brazo oeste de Gold Coast Spit apareció a su izquierda. La península y la manga de mar estaban repletas de yates y pescadores ociosos.

La carretera siguió adelante, atravesando los árboles de Main Beach Park hasta llegar al aparcamiento. Se detuvo. La gravilla crujió bajo los neumáticos.

Bajó del vehículo y respiró hondo. La lluvia de la noche anterior aún se podía oler en el ambiente. Siempre le había gustado mucho ese lugar, mucho más que la playa privada que estaba delante de su casa. Sacó una bolsa del maletero, se puso el traje de neopreno y se dirigió a la caseta donde alquilaban las tablas. Diez minutos más tarde corría en dirección al mar con una tabla de surf bajo el brazo…

La puerta de cristal se abrió de repente. Emily levantó la vista. Era Zac. Tenía el pelo alborotado y parecía más bronceado que antes. Se pasó una mano por el cabello y el corazón de Emily dio un vuelco.

—Tu padre ha llamado.

—Muy bien. Gracias —le dijo él en un tono seco—. Ya lo llamaré luego.

—Pero no quieres hacerlo.

Él guardó silencio.

—Zac, sea lo que sea lo que pasara entre tu padre y tú…

—No es algo de lo que quiera hablar.

Sus palabras sonaron tan cortantes que Emily no supo qué decirle.

—Lo entiendo. Pero cuando yo tenía diez años, mi hermana se fue de casa, y yo pasé trece años sin saber si estaba viva o muerta. Cuando por fin me encontró, ¿crees que a mí me importaban esas estúpidas peleas que habíamos tenido diez años antes?

Él abrió los ojos, sorprendido.

–La gente toma decisiones basándose en emociones, no en cosas lógicas –añadió ella rápidamente–. Y así cometen errores. Si Victor está haciendo el esfuerzo, por lo menos deberías escucharle.

Sin decir ni una palabra más, Zac dio media vuelta y se dirigió hacia la puerta de su despacho. Emily respiró hondo. ¿Cómo podía comportarse como si lo de la noche anterior no hubiera ocurrido en absoluto?

–¿Emily? ¿Tienes un momento?

Él estaba en la puerta. Emily podía sentir su presencia sin necesidad de darse la vuelta. De forma instintiva, se puso erguida y maximizó el documento de Point One en la pantalla.

–Estoy en medio de…

–Es importante.

Ella se quedó quieta, con la mano sobre el ratón, y entonces suspiró, resignada.

–Si quieres que lo dejemos, lo entiendo.

–¿Tú quieres dejarlo? –le preguntó él–. Yo no –añadió.

–No –dijo ella, levantando la barbilla.

–Muy bien.

–Muy bien.

Ambos guardaron silencio un momento. Zac la miraba con la misma cara que ponía cuando había un problema importante.

–Emily.

Ella le miró por encima del hombro.

–¿Estás libre esta noche?

Y así, los recuerdos de la noche anterior la inundaron por dentro, como una película erótica. Aunque no quisiera sentirlo, no podía evitar el cosquilleo que le recorría la piel.

–Sí.

Él esbozó una media sonrisa y enseguida volvió a ser el Zac de siempre.

–Entonces te veo después de las ocho.

–Claro –dijo ella. De repente se sentía más incómoda que nunca.

Capítulo Once

Las dos semanas siguientes transcurrieron sin novedad. Zac seguía siendo frío y profesional durante el trabajo, pero siempre le preguntaba si estaba libre por las noches. Y ella siempre decía que sí, excepto los fines de semana. Esos días eran suyos y de nadie más.

–¿Tienes algún plan para el sábado por la noche? –le preguntó él un viernes por la tarde después de una reunión.

–Trabajo. Un buen libro y un baño –le dijo ella, ignorando el resplandor de su mirada. Cuando regresaron a su despacho tuvo que repetírselo de nuevo. Él frunció el ceño, pero ella no le hizo mucho caso.

Sin embargo, el domingo, después de haber leído, y de haber tomado un buen baño, se puso unos viejos pantalones de chándal y una camiseta ceñida y abrió el ordenador. Después de dar los últimos retoques al lanzamiento de Point One, apretó la tecla de «guardar» y entonces sintió una gran sensación de alivio. Eso era lo que debería haber hecho entre semana, en lugar de retozar con Zac todas las noches. Ésa era su carrera, su vida… Si hacía las cosas bien, llegaría a tener muchos contactos que le abrirían todas las puertas cuando decidiera poner su propio negocio. De repente sus manos dejaron de teclear. No había pensado en eso desde… Hacía días, semanas, incluso. No había vuelto a saber nada de la universidad y tampoco se había molestado en llamar. Los placeres carnales la habían absorbido por completo. ¿Qué pasaría tras el lanzamiento de Point One? ¿Qué pasaría cuando por fin hubiera saldado la deuda con Zac?

«Seguirás adelante con tu vida. Pasarás página, sin mirar atrás…», se dijo.

Sin embargo, al imaginárselo con otra mujer, haciendo las cosas que habían hecho juntos, no pudo evitar sentir una angustia terrible. Se levantó, tiró la almohada al otro lado de la habitación y fue a la cocina. Se sirvió un vaso de agua y se lo bebió de un trago. Necesitaba volver a la normalidad… No obstante, horas más tarde, su mente seguía dándole vueltas a la cuestión. Atormentada, soñaba con exuberantes mujeres que reclamaban la atención de Zac a toda costa. Se despertó antes del amanecer; un extraño sentimiento le agarrotaba el estómago. Rodó sobre sí misma, agarró sus gafas de ver, abrió las cortinas y miró por la ventana. Los primeros rayos de sol asomaban en el horizonte.

Unas horas más tarde, ya en el trabajo, recogió unos papeles y fue a llevarlos al despacho de Zac. Los enormes cristales tintados de las ventanas le devolvían su reflejo. En ellos veía a una rubia de veintiséis años vestida con un sobrio uniforme de ejecutiva; falda larga y negra, zapatos discretos, pantis, un suéter azul cielo de manga corta… Dejó los papeles en la bandeja de Zac y se acercó un poco a la ventana para verse mejor. Se volvió un poco y se miró con atención. La tela se le ceñía a las caderas y el cinturón negro y fino le acentuaba la cintura. Frunciendo el ceño, se alisó el suéter sobre el abdomen y después sobre los glúteos. ¿Acaso había perdido peso?

De repente la puerta se abrió y Emily giró sobre sí misma, sonrojada hasta la médula. Era Zac.

Sus miradas se encontraron y el tiempo se detuvo durante un par de segundos. Él la miró de arriba abajo, con una sonrisa en los labios.

—Ese color te queda bien.

—Gracias.

—Pero odio esos zapatos.

Ella levantó la barbilla, a la defensiva, pero él se limitó a sonreír.

—A lo mejor por eso me los pongo.

—Primero me dices que lo del nuevo peinado no es para impresionarme, ¿y ahora te pones unos zapatos que odio? —fue hacia ella y se detuvo a un centímetro de distancia, todavía sonriendo.

—¿Qué tal el fin de semana? —le preguntó suavemente, mirándole los labios.

«Maldito Max Factor, maldito pintalabios…», pensó ella, intentando mantenerse impasible.

—Bien.

—Me alegro.

—¿Y qué pasó con tu reunión?

—La hemos pospuesto para otro día —estiró el brazo y le quitó una pelusa de la manga del suéter.

—Acabo de mandarte un mensaje.

Ella asintió con la cabeza y dejó que el silencio se apoderara del despacho. De repente él se inclinó hacia delante. Ella se sobresaltó y se golpeó la cadera con el borde del escritorio. Él sonrió. Sus labios estaban muy cerca de la oreja de Emily, tan cerca que podía sentir el calor de su aliento.

—¿Necesitabas algo?

—Ah… No.

–¿Estás segura? –le susurró. Emily sintió su aliento en la oreja, y después sus labios.

La joven se mordió el labio inferior.

–¿Estás segura de que no necesitas esto?

Empezó a besarla a lo largo del cuello.

–No… –dijo ella finalmente, tratando de ignorarle.

–¿Y esto? –le preguntó él, deslizando un dedo sobre su cuello hasta llegar al escote.

–En serio, Zac… No puedes.

–Sí puedo. Acabo de hacerlo –le dijo él, sonriendo.

–Estamos en tu despacho –le dijo ella, sintiendo las yemas de sus dedos sobre un pecho.

Él encontró uno de sus pezones duros y empezó a masajearlo, apoyándose en el escritorio con la otra mano, acorralándola. Emily tragó con dificultad. Un deseo incontenible palpitaba debajo de su piel. Su cuerpo la traicionaba. De pronto ya no pudo aguantar más. No importaba que estuvieran en el despacho. Todo lo que deseaba en ese momento era besarle, dejarse besar por él, dejar que la desnudara, que le hiciera el amor. En ese momento empezó a sonar su teléfono, que estaba en el despacho contiguo. Emily se apartó de él bruscamente, se recolocó las gafas y se alisó el suéter.

–Te lo dije, Zac… –le dijo, fulminándolo con la mirada–. En el despacho no. ¿Qué hubiera pasado si hubiera entrado alguien?

–Entonces hubieran ganado la porra de la oficina –le dijo él, encogiéndose de hombros con indiferencia.

Emily sintió una ola de rabia e indignación.

–¿Qué?

–Sé todo lo que pasa en esta empresa, Emily –cruzó los brazos–. Son muchos los que han apostado por ti como mi nueva conquista.

–¿Qué? –exclamó ella, avergonzada.

–Mira, no te preocupes. A nadie le importa…

–A mí sí.

–¿Por qué? ¿Por qué te importa tanto lo que piense la gente?

Un torrente de sangre caliente palpitaba en su cabeza. La vergüenza era insoportable, tanto así que no sabía qué decir.

–Porque no quiero que me juzguen por nada que no sea mi trabajo –le dijo finalmente–. Y ahora tengo que volver a trabajar –añadió y salió rápidamente.

Capítulo Doce

Emily abrió la puerta de su casa de par en par, pero no era el repartidor de pizza. Era Zac.

–Demos una vuelta –le dijo en un tono casual. Tenía el brazo apoyado sobre el marco de la puerta.

–¿Qué? –le dijo ella, parpadeando.

–Vamos a algún sitio, oscuro, con música alta.

–Yo… yo…

Él entró y ella se echó a un lado automáticamente.

–Estoy esperando una pizza –le dijo al final.

–Vaya, ya veo que te estás dando la buena vida –le dijo, dándose la vuelta hacia ella.

–También estoy trabajando.

Ella cruzó los brazos. No estaba dispuesta a dejar que su penetrante mirada la distrajera.

–He hablado con Cal sobre lo de VP Tech y tengo que desahogarme un poco. Pensé que te gustaría venir conmigo.

Emily tragó en seco.

«Admítelo. Estás encantada de haber sido su primera opción y de que haya venido hasta aquí para preguntarte. Sí que quieres ir».

–¿Y qué pasa con la pizza?

–Yo espero mientras vas a cambiarte –le dijo él.

–No sé si…

Él la hizo callar con un beso, profundo e intenso.

–Emily –le dijo finalmente en un susurro–. Yo sí lo sé. Iremos a algún sitio oscuro en el que nadie nos reconozca. Confía en mí.

Estaban en el Heaven, una de las discotecas más populares entre los surfistas, famosa por la música dance, los buenos precios y la seguridad. Era un día entre semana, pero el lugar estaba abarrotado.

–Vamos a bailar –dijo Zac, y entonces la atrajo hacia sí, apretándola contra su cuerpo.

–No es esa clase de baile –le dijo ella, sintiendo sus brazos alrededor de la cintura.

–No me importa –dijo él, rozándole el cuello con el aliento.

Lentamente, comenzaron a moverse. Él deslizó las manos sobre su espalda, por encima del top, metiendo los dedos por debajo de los tirantes.

–¡Eh, Zac! Sabía que eras tú. ¿Cómo estás?

Él se apartó de golpe y, cuando Emily se dio la vuelta, se encontró con una espléndida rubia, besando a Zac en los labios. Él se la presentó y, después de intercambiar unas cuantas palabras con ella, la chica se marchó. Emily estaba furiosa.

–¿Pero quién se cree que es? –masculló entre dientes, mirando hacia la multitud. Era evidente que les había visto bailando entre la gente, y por eso le había besado y se había pasado un rato flirteando con él.

Zac la observaba atentamente.

–Josie trabaja para las aerolíneas escandinavas –le dijo–. La conocí durante un vuelo a Europa.

–¿Era…? –Emily se mordió los labios para no terminar la pregunta. No quería sonar celosa.

Sin embargo, Zac se había dado cuenta de todo. La agarró de la cintura y la atrajo hacia sí.

–No fue mi novia. No –le dijo él, contestando a su pregunta. Y entonces la miró fijamente un instante bajo las luces estroboscópicas de la pista–. ¿Por qué?

Emily no podía decírselo. No podía decirle que se moría de celos.

–Tus ex no conocen límites –le dijo ella. De pronto sintió sus manos sobre el trasero y contuvo la respiración.

–No fue mi novia. Pero tienes razón –dijo él, avanzando lentamente hacia la pista–. No conocen límites.

El enorme telón de la pista cayó como una nube negra detrás de ellos, envolviéndolos en un manto de sombras. Los labios de Zac se posaron sobre su cuello y ella se estremeció.

–A lo mejor no fue una buena idea venir –le susurró él.

–¿Por qué? –le preguntó ella.

–Por esto –se movió y Emily sintió la potencia de su duro miembro erecto.

Ella gimió y, por un instante, quiso permanecer así para siempre, segura, a salvo, protegida… Pero entonces las luces dieron un fogonazo e iluminaron a toda la multitud durante cinco segundos. Y durante ese tiempo Emily pudo distinguir a alguien que los observaba fijamente entre la gente. Dio un traspié, pero Zac la sujetó. Cuando volvió a mirar, Louie Mayer ya no estaba.

De repente quiso salir de allí. No podía concentrarse en la música, ni en las caricias de Zac.

–¿Nos vamos? –sugirió suavemente.

Los ojos de Zac se oscurecieron. Asintió con la cabeza, la tomó de la mano y juntos se abrieron camino entre la gente rumbo a la salida.

Tumbada en la cama de Zac, Emily miraba al techo, sabiendo que tenía una sonrisa tonta en los labios. ¿Cómo no iba a sonreír como una tonta después de hacer el amor con Zac Prescott?

–¿Te encuentras bien?

–Sí –dijo ella, volviéndose hacia él y apoyando el codo–. Pero tus escaleras son muy malas para la espalda, y creo que me he clavado una astilla en el trasero.

Él sonrió de oreja a oreja.

–La próxima vez te pones encima. De hecho...

La tomó en brazos y rodó sobre sí mismo, poniéndose encima de ella. Deslizó las manos sobre su cintura hasta llegar a sus pechos. Empezó a masajearla, tomándose su tiempo con cada uno de los pezones.

–¿Qué quieres que haga? –le preguntó.

Ella cerró los ojos, extasiada.

–Sólo... sólo...

–¿Sí?

–Yo no... –ella se meneó un poco, sin saber qué decir.

–Mírame –le dijo él. Aquel imperativo no admitía un «no» por respuesta.

Ella suspiró y abrió los ojos lentamente.

–Tú mandas, Emily –le dijo él. Dime qué quieres que haga.

Y justo cuando pensaba que ya no podía disfrutar más, ella se mordió el labio inferior, y Zac sintió que perdía la cabeza. Un torrente de fuego corrió por sus venas.

–Quiero… –dijo ella, ruborizada–. Quiero que me beses por todo el cuerpo.

Reprimiendo un gruñido de placer, Zac deslizó una rodilla entre sus piernas, palpando su sexo desnudo.

–Estás húmeda.

Ella cerró los ojos y asintió.

Lentamente él deslizó una mano a lo largo de su vientre y la puso sobre su sexo.

–Voy a besarte, Emily –le dijo.

Otro murmullo, otro suspiro.

–Primero en la boca –le agarró la cabeza con una mano y la besó sutilmente–. Relájate –le dijo, besándola en la mandíbula–. Quieres que te bese por todo el cuerpo, ¿no?

–Sí –dijo ella, casi arrepintiéndose de lo que le había pedido. Aquella mano sobre su sexo era una distracción muy grande.

–Entonces déjame besarte.

Durante unos segundos la besó en el cuello, en los pechos, en el vientre, en el ombligo… Emily sabía adónde se dirigía. Sin embargo, cuando sus labios se posaron por fin sobre el centro de su feminidad, el contacto repentino la hizo saltar de la cama con un suspiro. Él murmuró algo y se colocó mejor, agarrándole el trasero con ambas manos y dedicándose a la tarea de darle placer. Emily no podía respirar, no podía pensar, no podía hacer nada excepto sentir. Sus manos fuertes, su lengua juguetona, su aliento cálido, incluso su barbilla, su barba de unas horas… Lo sentía todo en la piel y la fricción se hacía casi insoportable. Emily apretó los párpados. Las ondas de placer eran cada vez más frecuentes. Y Zac siguió adelante, lamiéndola y lamiéndola, chupando, besando… Los temblores no tardaron en llegar, primero en las piernas y luego en todo el cuerpo, hasta hacerla vibrar de pies a cabeza. Todo se volvió brillante y después negro. Su cuerpo se contraía como si le hubieran dado una descarga eléctrica. A través de aquel sopor de gozo, sintió que Zac volvía a besarla en los labios y, un segundo después, le sintió dentro de ella, moviéndose, llenándola con su pasión, mirándola fijamente… Fue la culminación del acto más íntimo. Él se movía dentro de ella, le hacía el amor y la miraba a los ojos. Cuando por fin llegó al borde del precipicio, ella se fue con él y sus gritos de placer sonaron al unísono en la oscura quietud de la habitación.

Emily trató de recuperar el aliento, pero Zac pesaba demasiado.

—Te estoy aplastando, ¿no? —le dijo él, haciéndole cosquillas en la oreja con su aliento.

—Un poquito.

Rodando sobre sí mismo, la hizo colocarse encima de él. Bajo la mejilla, Emily podía sentir cómo le latía el corazón. Los minutos pasaban lentamente. Zac recuperó la sábana y la tapó un poco.

—Me han llamado de la secretaría de la universidad —dijo ella de repente.

—Has entrado.

—Sí.

—Eso es bueno.

Con una sonrisa ella rodó sobre sí misma y se tumbó a su lado.

—Es mejor que bueno. Es… —parpadeó, buscando las palabras adecuadas—. Significa que voy a progresar, a mejorar. Voy a alcanzar una meta. Es algo que he querido durante mucho tiempo.

Se hizo un silencio profundo entre ellos.

–¿Te gustaba vivir en Perth? –le preguntó él.

–No mucho –dijo ella–. Es una ciudad bonita, con unas playas preciosas. Pero prefiero Queensland.

–¿Y qué me dices de tu familia? ¿Amigos? –le preguntó él. La luz de la luna se reflejaba en sus serios ojos.

–¿Qué pasa con ellos?

Él no dijo nada. Ella suspiró.

–Mi tío murió hace tres años y me dejó su casa. Me fui a vivir allí –dijo, cambiando de postura y llevándose la sábana con ella–. Mi hermana AJ vive en Robina. No tengo a nadie más.

Él la miró en silencio. Había algo serio y sincero en aquella mirada.

–Cuando tenía diecisiete años, empecé a trabajar de forma temporal para una agencia de Perth –era más fácil hablar en la oscuridad, donde sus ojos no podían verla con claridad–. Ganaba un buen sueldo y el trabajo era interesante, pero yo quería algo estable, así que envié el currículum para un puesto de gerente en Hardy, Max & Taylor.

–¿La empresa de contabilidad? Eso no está en tu currículum.

–No. Me fui seis meses después.

–¿Por qué?

–Uno de los jefes me acorraló en un balcón durante una fiesta de Navidad. Trató de propasarse. Lo del acoso laboral era un tema caliente en las empresas de este país.

Zac soltó un gruñido, a medio camino entre un juramento y un suspiro. Al mirarle a la cara, Emily se llevó una gran sorpresa. Estaba furioso.

–¿Lo denunciaste?

–No –dijo ella–. Tenía veintidós años. No tenía dinero, ni poder para meterme con una de las empresas más poderosas de toda Australia. Mi denuncia hubiera terminado filtrándose a los medios y se hubieran cebado conmigo. No quería esa clase de publicidad para mí. Además, no fue para tanto. Al final no llegó a hacer nada.

–Eso es una tontería. Y lo sabes.

De repente ella se incorporó, tapándose con la sábana.

–No hagas una montaña de esto, Zac. Le di una patada en la entrepierna. Él me amenazó con denunciarme por acoso, así que me fui. Fin de la historia.

–¿Entonces me estás diciendo que esa historia no te ha dejado secuelas a largo plazo?

–¿Qué quieres que te diga? No dejé de salir con hombres, aunque tampoco tuve mucha suerte con ellos. Me casé con Jimmy, pero eso no me impidió vivir mi vida.

–Bien –dijo él–. Una vida que incluye sexo en secreto con el jefe –se levantó de la cama con brusquedad.

–Estás enfadado.

–Claro que lo estoy –le dijo él en un tono seco.

–¿Entonces qué? ¿Me estás diciendo que quieres cambiar nuestro acuerdo?

–Estoy diciendo… –dijo él, vistiéndose con rabia–. Que alguna vez me gustaría salir, juntos, en público, en lugar de escondernos como si formáramos parte de una conspiración.

–¿Y lo de esta noche?

–Eso no cuenta. Yo no me avergüenzo de lo nuestro. ¿Y tú?

Zac supo que había puesto el dedo en la llaga en cuanto ella soltó el aliento. No soportaba ver su rostro pálido, herido.

–Mira, Emily… –le dijo, arrepentido.

–No. No tienes que decir nada –ella se deslizó hasta el otro lado de la cama–. Creo que… debería irme.

–No tienes que…

–Sí que tengo –recogió su ropa–. Es tarde.

–Quédate.

Ella le miró un instante con una expresión indescifrable.

–No puedo –bajó las escaleras–. Te veo mañana en la oficina.

Capítulo Trece

Fue como si la noche del lunes hubiera tenido lugar en un universo paralelo. Durante esa semana, Emily le llevó la comida, le organizó las citas con los clientes e hizo todo lo que hacía una secretaria eficaz como ella. Nada de miradas furtivas, nada de tensiones… Cada vez que él le decía algo, ella le escuchaba con seriedad y profesionalidad. Se quedaba hasta tarde en el despacho, sola, trabajando. No recibió más mensajes ni invitaciones nocturnas.

Sin embargo, después de unos días, Zac empezó a preguntarse si podía haber hecho algo más. El muro de silencio que ella había levantado se le hacía insoportable y, de alguna manera, nunca encontraba las palabras adecuadas.

—Bueno, ¿por quién vas a apostar?

Zac levantó la vista. Daniel, el de recursos humanos, estaba en el umbral con una papeleta de apuestas en la mano. Emily se retiró rápidamente.

—La carrera. ¿La Copa Melbourne? –dijo Daniel con una sonrisa–. Estamos en la sala de reuniones número tres. Gracias, Em –añadió, cuando Emily le entregó unos documentos–. Hay algo para picar, bebidas y una enorme pantalla. Sólo faltan tus apuestas.

Emily miró a Zac, y después a Daniel.

—Ven, Daniel –le dijo finalmente con una sonrisa–. Te daré algo de dinero.

Zac se había olvidado completamente de la Copa Melbourne, el día más importantes de las carreras en Australia. Todo el país se paraba durante unas horas para ver las carreras de caballos. Dejó lo que estaba haciendo y se dirigió hacia la sala tres. Casi todos los empleados estaban allí. Ella también. Varias veces le sorprendió mirándola, pero entonces apartó la vista. Una media hora más tarde se decidió a ir hacia ella, disimulando, deteniéndose aquí y allí.

–¿Estás libre esta noche?

Ella estaba frente a la mesa de la comida. Tenía un pequeño quiche en la mano. A medio camino de la boca, su mano se detuvo.

–Tienes una cena con un cliente –le dijo, apartándose un mechón de pelo de la cara–. A las ocho, en el Palazzo Versace.

Él frunció el ceño.

–Y yo estaré trabajando –añadió ella, bebiendo un sorbo de vino–. Faltan menos de cinco semanas para el lanzamiento.

–Muy bien –dijo él.

De pronto sonó el teléfono de ella y Zac no tuvo más remedio que alejarse.

–Emily. Él se dedicó a mirar los distintos manjares. Escogió un palito de apio.

–¿Hola? –decía ella.

Otra pausa. Entonces frunció el ceño y colgó.

Él volvió junto a ella. El silencio entre ellos se hacía insoportable. Justo en ese momento Jenna Perkins, una de las arquitectas más jóvenes, se acercó a ellos y Emily le ofreció la mejor de sus sonrisas. Alguien encendió la televisión y él se alejó por fin, dejándole un poco de espacio.

Emily le vio alejarse, pensando que tendría que haberle puesto cota a aquella situación mucho antes.

–Debo de estar loca –murmuró para sí.

–¿Disculpa?

Emily levantó la vista y se topó con Jenna.

–Nada. Sólo hablaba conmigo misma. ¿Qué me decías?

–Decía que…

El teléfono de Emily volvió a sonar, pero quien fuera colgó de inmediato.

–Te preguntaba por Zac, si salía con alguien –dijo Jenna, dándole un empujoncito en el hombro.

–¿Por qué? ¿Estás interesada en él?

–¿Salir con el jefe? ¡Por favor! –Jenna se rió. Estaba mirando a un hombre que estaba al otro lado de la sala.

Emily siguió su mirada.

–Mal se encarga de la porra, ¿verdad?... ¿Hmmm? –preguntó Jenna.

Al ver que Emily guardaba silencio, Jenna se volvió hacia ella con una mirada inocente.

–¿Qué? ¡No! Jen… –dijo Emily, suspirando–. Ya sabes lo que pienso de eso.

–Vamos… Sólo vamos a divertirnos un poco –Jenna puso los ojos en blanco–. A Zac no le importará.

–Apostar por la vida sexual del jefe no es precisamente mi idea de diversión.

–Lo que tú digas –dijo Jenna, terminándose la copa de vino de golpe–. Vaya, cualquiera diría que eres tú la que sale con él, a juzgar por cómo lo proteges.

Emily la vio alejarse con una exclamación en los labios.

Una hora más tarde Emily regresó al despacho. Había escogido un caballo que nadie quería y, para su sorpresa, se había llevado trescientos dólares. Total Surrender había ganado la carrera, pero eso no era excusa para dejar las cosas sin hacer. Tenía mucho trabajo pendiente y no quería desaprovechar la tarde. Entró en el despacho de Zac con suavidad y entonces se detuvo un instante. Algo no estaba bien; lo sentía en el ambiente. Había un extraño olor, una fragancia que no era la de Zac. ¿La de otro empleado? Excepto los empleados de limpieza, nadie más tenía llaves. Rápidamente comprobó los cajones. Todos seguían cerrados con llave. Miró el archivador donde guardaban los planos. Todo estaba en orden. No faltaba nada. Volvió a su escritorio. Dentro del cajón superior había una nota pegada.

«Mira por la ventana», decía.

Zac seguía en la fiesta, así que no podía ser él. Fue hacia la ventana con paso vacilante, apartó las cortinas y miró hacia el concurrido centro comercial de Broadbeach. Todo parecía igual que siempre, el mismo ambiente bullicioso de cualquier día entre semana. De repente levantó la vista hacia las ventanas del Sofilel Hotel. Al mismo nivel del despacho de Zac había otra nota pegada en una ventana.

«Sólo tú. Donde compras el café por las mañanas. En diez minutos».

Emily sintió una ola de pánico y después rabia. Alguien había estado en el despacho, revolviendo entre sus cosas. Se puso erguida, respiró hondo y salió por la puerta. Siete minutos después caminaba hacia Bennetti's. Después de mirar con atención a los pocos clientes y empleados que estaban en el local en ese momento, reparó en un extraño que le resultaba demasiado familiar. Estaba sentado en una mesa alejada, bebiendo una taza de café solo. Nada más verla, Louie Mayer esbozó una sonrisa escalofriante. Emily contuvo la respiración.

—Te veo muy bien, Emily —le dijo, echándose hacia atrás en la silla.

Emily levantó la barbilla y lo miró con todo el desprecio que pudo.

—Si no recuerdo mal, tu jefe consiguió su dinero. ¿Qué quieres?

El matón se puso en pie. Era realmente enorme. Estiró el brazo y le apartó la silla derrochando falsa galantería. Ella sacudió la cabeza.

—Parece que te van muy bien las cosas —le dijo, cruzando los brazos.

—¿Qué?

—Oh, parece que llevas tiempo disfrutando de las atenciones de Zac Prescott fuera del trabajo —dijo, esbozando una sucia sonrisa.

Emily sintió ganas de darle una bofetada.

—Eso no es asunto tuyo.

—Ah, sí que lo es —dijo, sonriendo de oreja a oreja. Llevaba un casquillo de oro en un diente—. Sí que es asunto mío —se acercó un poco—. Tu novio rico saldó la deuda de Jimmy en un abrir y cerrar de ojos y eso me dice un par de cosas —hizo una pausa para mirar a dos rubias que en ese momento se acercaban a la barra—. Uno: sois algo más que compañeros de trabajo, sobre todo ahora que os he visto en acción. Dos: está podrido en dinero.

—¿Me estás chantajeando? —le preguntó ella, sintiendo que el miedo le agarrotaba el estómago.

—Yo no diría eso —dijo Louie. Extendió el brazo para tocarle el pelo, pero ella se apartó—. Llámalo inversión. Tú me pagas todos los meses, y la prensa no sabrá nada de la vida privada de Zac Prescott, lo cual incluye una aventura con su secretaria y un... problema con el juego.

–Pero ya te di todo mi dinero. ¡No tengo...!

–Usa la cabeza, rubia –le dijo en un tono severo–. Te acuestas con un multimillonario. Eso nunca sale gratis.

Emily creyó que el corazón le iba a explotar.

–Necesito tiempo –dijo finalmente.

Mayer se encogió de hombros y miró el reloj.

–Tienes una semana. Estaremos en contacto –le guiñó un ojo, le dio una palmadita en el hombro y se marchó.

«¿Estás libre luego? ¿Nos vemos en mi casa a las once?», decía el mensaje de Zac.

Emily estaba en su coche, en el aparcamiento de la empresa. No eran más de las cuatro y media, pero había decidido marcharse pronto. Era incapaz de concentrarse en nada. Tenía que encontrar una solución. Nerviosa, apretaba el embrague una y otra vez, sin saber qué hacer. No quería irse a casa. Quería presionar el botón de rebobinado y volver atrás.

«Allí estaré», le contestó en otro mensaje y arrancó.

Zac estaba en el salón cuando oyó que abrían la puerta. De pronto las luces se apagaron, dejándolo a oscuras.

–¿Emily? –dijo, dándose la vuelta.

En cuanto vio la silueta que se movía de la puerta a la ventana, supo que era ella. ¿Qué llevaba puesto? ¿Un abrigo largo?

–¿Qué llevas puesto?

Ella no dijo nada. Encendió una pequeña lámpara de lectura y Zac se quedó sin aliento nada más verla. Llevaba el cabello en un alborotado moño y se había maquillado a conciencia. Sus ojos parecían misteriosos y enigmáticos, y sus labios… Tragó en seco. Sus labios carnosos estaban pintados del rojo más intenso. Apenas podía respirar.

Ella dio un paso adelante y después otro, moviendo las caderas y avanzando lentamente. Sus tacones golpeaban el suelo pulido. Zac bajó la vista. Llevaba unos taconazos de aguja de color rojo con los dedos al descubierto. Se los había comprado él la semana anterior.

Ella se detuvo a unos metros de distancia y comenzó a desabrocharse el cinturón del abrigo.

–¿Qué estás…?

–No hables.

Empezó a abrirse los botones del abrigo, con la vista fija en él, muy lentamente. Y entonces Zac lo comprendió todo. Se estaba desnudando para él. Incapaz de moverse ni de pensar, la observó con atención mientras echaba atrás una solapa del abrigo, y después la otra. Debajo sólo había un fino tirante de raso negro. Zac la miró un momento a los ojos y vio vacilación en ellos. ¿Cómo era posible? ¿Acaso no sabía lo irresistible que era? Ella respiró hondo, casi como si estuviera buscando coraje para seguir adelante y entonces se abrió el abrigo. Zac reprimió un gemido. Aquel sujetador negro contenía sus maravillosos pechos a la perfección, creando un erótico valle entre ellos que terminaba en una pequeña joya en la unión de las dos copas de la prenda. Las braguitas negras se le ceñían a las caderas, acentuando su escultural figura. Llevaba una fina cadena de plata alrededor de la cintura de la que colgaba una hilera de estrellitas que le caía justo debajo del ombligo. Una descarga de lujuria sacudió a Zac de pies a cabeza. Tenía un cuerpo perfecto.

–Emily…

–¿Zac? –ella seguía sujetando el abrigo a ambos lados, mirándole fijamente.

Él se abalanzó sobre ella y comenzó a besarla con voracidad, con desesperación; tanto así que terminó dando un traspié y precipitándose sobre las escaleras, con ella encima. Le quitó el abrigo de los hombros y le inmovilizó los brazos detrás de la espalda. Ella sonrió con picardía y el cabello le cayó sobre los hombros. Él se incorporó y capturó sus labios, besándola sin aliento.

Y entonces sonó el intercomunicador.

–Zac… –murmuró ella.

Él retrocedió un poco y le mordisqueó la oreja. Ella contuvo el aliento.

El intercomunicador volvió a sonar.

–Si nadie se está muriendo, me da igual –dijo él.

Ella se rió suavemente.

–Date prisa y mándalos a su casa –dijo, apartándose de él con una sonrisa.

–No te muevas –dijo él, yendo hacia la puerta–. ¿Quién es?

–Hola, Zac.

Aquella voz de mujer le resultaba muy familiar. Con un movimiento rápido, Emily recogió el abrigo y se lo puso.

–¿Qué quieres, Haylee? –dijo Zac, mascullando un juramento.

–No has contestado a mis correos.

Emily arqueó las cejas, estupefacta.

–Hemos terminado, ¿recuerdas?

Ella suspiró.

–Mira, ¿puedo hablar contigo un momento? Es importante.

Zac miró a Emily, pero ella se limitó a hacer un gesto con la mano, se abrochó el cinturón y se metió en la cocina. Eso era decisión de él. Desde allí vio entrar a Haylee en la casa. La joven llevaba una minifalda de cuero negro, unas botas hasta los muslos con tacones de aguja y una blusa tan transparente que se le veía todo.

Emily sintió un nudo en el estómago.

–¿Qué quieres, Haylee? –dijo Zac, sin mucha paciencia.

–Tenía que verte –dijo la joven. Tenía las manos en la cintura y la cadera echada a un lado, en un gesto provocador y sensual.

–¿Para qué? –le preguntó Zac, con cara de pocos amigos.

–¿Necesito una razón para verte, Zac? Lo pasábamos bien juntos… Te deseo, Zac. Aquí y ahora –dijo y entonces se acercó a él, apretándose contra su pecho.

Emily sintió que le clavaban algo en el corazón. Apretó los puños y se clavó las uñas en la piel.

Zac agarró a Haylee de las muñecas y la apartó de un empujón.

–Pero yo no te deseo a ti. Ni ahora, ni nunca. Deja de molestarme. Deja de llamar a mi despacho. Deja de hacer todo lo que haces –le dijo, mirándola de arriba abajo con desprecio.

Emily casi sintió pena por ella.

–¡Me estás rechazando! –le dijo, furiosa–. ¿Cómo te

atreves? ¿Pero quién te crees que eres? Conozco a una docena de hombres que estarían encantados con lo que te ofrezco.

–Entonces vete con ellos –dijo Zac, agarrándola del brazo.

–¡Eh, Eh! –gritó ella, forcejeando con él.

Zac la agarró de los hombros, la hizo girar y la empujó hacia la puerta.

–No te atrevas a tocarme –le dijo ella, tropezando.

–Vete. Ahora.

Mascullando un juramento, Haylee dio media vuelta y se marchó.

Perpleja, Emily regresó al salón. Zac tenía la cabeza apoyada en la puerta.

–Vaya… Eso ha sido… –empezó a decir Emily–. ¿Crees que te traerá problemas?

–No sé… Kerans es un hombre muy influyente.

–Bueno… –Emily respiró hondo–. Si hay algún problema, tendrán que vérselas con un testigo.

Él guardó silencio.

–¿Harías eso? –le preguntó, sorprendido.

–Sí.

Él sonrió y avanzó hacia ella.

–Ven aquí.

Ella se echó a sus brazos con alegría y besó sus labios con un suspiro de satisfacción, dejando que sus manos y su boca borraran aquel momento tan desagradable. No quería pensar en nada de lo ocurrido en esas veinticuatro horas. Zac le llenaba los sentidos, la mente, el cuerpo… Y en ese momento, eso era todo lo que necesitaba.

Capítulo Catorce

Emily jamás hubiera pensado que los contactos de Jimmy pudieran venirle tan bien, pero después de unas cuantas llamadas, logró averiguar el paradero de Rafe Santos. Después de pasar por cinco discotecas distintas y dos garitos de striptease, estaba en el Romeo's. Las luces de neón rosa la dejaban ciega. Más allá de la barra, en la planta intermedia, oculta entre las sombras, estaba el área VIP. Y allí estaba Santos. Emily se puso erguida, respiró hondo y echó andar hacia allí, en dirección al grupo que estaba en el recinto privado, con la vista fija en el tipo que estaba en el sitio de honor, abrazando a una rubia despampanante. Al verla acercarse, Santos la miró un momento y después miró al tipo que estaba de pie a su lado. Con sólo levantar un dedo, hizo callar al guardaespaldas y entonces se volvió hacia ella, mirándola de arriba abajo.

El guardaespaldas se volvió con cara de pocos amigos.

–Éste es un recinto privado… –le dijo, dando un paso adelante–. Tiene que…

–John.

Bastó con una palabra para que el guardaespaldas retrocediera.

–¿Vas a deshacerte de una chica guapa sin saber por qué nos busca siquiera?

De repente Emily sintió una ola de pánico. Estaba

118

allí, por fin, delante de uno de los corredores de apuestas más conocidos de la ciudad.

–¿En qué puedo ayudarla, señora Catalano? –le preguntó Santos con suavidad. Su voz modulada y educada resultaba carismática y atractiva. La mujer que estaba con él le puso un brazo alrededor de los hombros y le lanzó una mirada de desprecio a Emily.

–¿Sabía que iba a venir?

–Cuando una mujer guapa viene a mi local y pregunta por mí, a mí me gusta saber quién es –le dijo con una sonrisa–. Yo conocía a su marido.

–Mi exmarido –dijo ella.

–Siéntese, por favor –dijo Santos, señalando el sofá.

–Tengo que pedirle un favor.

–Aah. Un favor para una chica guapa. Me gusta cómo suena eso.

Emily tragó en seco. La forma en que expresara su petición era lo más importante.

–Sé que usted es un hombre muy poderoso, señor Santos –dijo Emily, rezando por dentro–. Un hombre influyente… Yo lo respeto. Y le doy las gracias por su paciencia con las deudas de Jimmy.

–Y yo le agradezco que haya pagado tan rápido –el hombre se recostó en el sofá.

Emily asintió. Tenía los nervios tan tensos como cuerdas.

–Me preguntaba… –soltó el aliento, parpadeó y respiró hondo–. Me gustaría que retirara su última petición.

Rafe Santos arrugó los párpados. El humo que salía del puro que se estaba fumando debía de escocerle en los ojos.

–¿De qué petición estamos hablando?

–Le pido que deje de pedirme dinero a cambio de guardar silencio sobre mi relación con el señor Prescott.

Él guardó silencio un momento.

–Entiendo –dijo y volvió a darle otra calada al puro. Soltó el humo y vio cómo ascendía en el aire.

El corazón de Emily latía cada vez más deprisa.

–¿Y qué es lo que me ofrece a cambio? –le dijo, mirándola de arriba abajo.

De repente Santos levantó la vista hacia la multitud.

–Creo que tenemos visita.

Emily se volvió y miró más allá de los guardaespaldas. Un hombre se acercaba con paso decidido.

Zac…

–Me alegro de verle de nuevo, señor Prescott –dijo Santos, sonriendo y haciéndole señas a los guardaespaldas para que lo dejaran pasar–. ¿A qué debo el placer de tenerle aquí?

Zac miró a Emily con ojos de hielo y entonces se volvió hacia Santos.

–He venido a buscar a Emily.

–¿Me has estado siguiendo? –le preguntó ella, perpleja.

–He recibido una llamada anónima.

Emily frunció el ceño y miró a Santos, que no hacía otra cosa que mirar la punta del puro. Cuando por fin la miró, sus fríos ojos no revelaban nada. Ella fue la primera en apartar la vista.

–Emily –dijo Zac en un tono inflexible.

Pero ella siguió sentada, fulminándole con una mirada.

Santos suspiró.

–Si se van a poner a discutir, ¿podrían hacerlo en otra parte, por favor?

–No –dijo Emily rápidamente–. He venido para hablar con usted de… lo que le dije antes –añadió en un tono misterioso–. Vete a casa, Zac –le dijo–. Por favor.

–Sólo si vienes conmigo.

–Esto no tiene nada que ver contigo.

–Yo creo que sí.

–¿Y cómo lo sabes?

–Él tiene razón –dijo Santos–. Si yo la estuviera chantajeando a cambio de guardar silencio acerca de su relación, entonces él tiene derecho a saberlo.

–¿Qué demonios…? –dijo Zac, dando un paso adelante.

En ese momento sintió una mano enorme sobre el hombro y se dio la vuelta bruscamente, listo para luchar. Emily se puso en pie.

–¡Basta! –gritó Santos de repente y todo el mundo se detuvo.

–Señorita Reynolds, el señor Prescott y usted pueden irse.

–¿Pero qué pasa…?

Santos la miró con unos ojos de hielo y Emily sintió que el corazón se le aceleraba.

–No me importa cómo pagó su deuda, señorita Reynolds. A mí sólo me importa que fue pagada. El chantaje no es mi estilo. Es un negocio muy arriesgado y no hay garantías de ningún tipo, por no decir que es muy peligroso para mi salud. Y yo aprecio mucho mi vida –dijo, sonriendo ferozmente–. Le agradezco que me haya informado del tema y tenga por seguro que el señor Mayer no volverá a visitarla. ¿Entendido?

–Sí –dijo Emily, asintiendo.

–Vámonos –dijo Zac, agarrándola de la muñeca con firmeza.

Ella se puso en pie, aliviada. Pero antes de que pudiera escapar de allí, sintió la mano de Santos sobre la suya propia.

–Si alguna vez se aburre de jugar sobre seguro… –le dijo, acariciándole los nudillos y sonriendo.

Emily se ruborizó. Zac le apretó la mano. Había una advertencia en su boca, a punto de salir. Santos le miró fugazmente, se encogió de hombros y entonces la soltó, riéndose a carcajadas.

–¿En qué demonios estabas pensando? –le dijo Zac al salir de la discoteca.

Ella se zafó de él con brusquedad y se detuvo.

–Pensaba que podría hacerle cambiar de opinión.

–¿Vestida así? –le preguntó él, mascullando un juramento–. Ha sido peligroso y estúpido, Emily.

–No me ha pasado nada.

–¿Pero y si te hubiera pasado? Te estaban chantajeando. ¿Por qué no hablaste conmigo? ¿Qué estabas dispuesta a hacer?

Se fulminaron con la mirada durante unos segundos. Ella retrocedió.

–Yo… No lo sé… Pensé que…

–No vuelvas a hacerlo –dijo él, agarrándola de las manos con brusquedad–. No vuelvas a arriesgarte así y no…

La gravedad de la situación que acababan de vivir cayó sobre él como una pesada losa. ¿Qué quería decir en realidad?

«Eres mía.», le dijo una voz en su interior.

Con un gruñido de frustración, se abalanzó sobre ella y le dio un beso feroz. La sorpresa de Emily no tardó en convertirse en deseo. Entreabrió los labios, le agarró de los hombros y le devolvió el beso con todo su ser. Era un beso furioso, desesperado, surgido de la frustración.

—No vuelvas a hacerlo, ¿me oyes? —le dijo, pasándose una mano por el cabello—. Se trata de nosotros, no sólo de ti o de mí.

En ese momento un grupo de gente salió de la discoteca, haciendo ruido, riendo y gritando.

—¿Dónde has aparcado? —le preguntó él.

—A la vuelta de la esquina.

Él la acompañó, sin decir ni una palabra más. Cuando llegaron al coche, Emily sacó las llaves, avergonzada y sonrojada. Se sentía completamente estúpida por lo que había hecho. Él tenía razón. Parpadeó rápidamente, tratando de ahuyentar las lágrimas.

—Emily…

Zac le puso una mano en el brazo. Emily no quería mirarle a los ojos, pero no tuvo más remedio que hacerlo.

—¿Hay algo más que deba saber? —le preguntó él.

«Creo que te quiero y tengo miedo», dijo una vocecilla en su interior.

—Deberías ir a la boda de su hermano.

—¿Vas a empezar con eso de nuevo? —le dijo él, soltando el aliento.

—Tienes que hacerlo.

—No. No voy a ir.

Ella se recostó en el coche.

—He visto cómo reaccionas cada vez que estás cerca de tu padre. Te pones nervioso y tenso, como si alguien te hubiera dado cuerda. Lleva meses llamándote y tú sigues negándote a hablar con él. Mira, sé que lo que he hecho esta noche ha sido una estupidez, pero por lo menos yo hice algo. Me enfrenté al problema.

Él guardó silencio.

–Cuando tenía diecisiete años… –dijo por fin–. Le dije a mi padre que quería estudiar en Suecia. Y lo que él hizo fue tirar de unos cuantos hilos para conseguirme una plaza en la Universidad de Sydney. Pero yo me fui de todas formas y él me desheredó. Es así de simple –dijo, chasqueando los dedos.

Emily conocía bien todos sus logros y triunfos, pero no sabía por qué había regresado a Australia.

–¿Y por qué volviste?

–Cinco años es mucho tiempo. Tienes tiempo de pensar y de ver las cosas desde otra perspectiva. Y Australia siempre ha sido mi casa. Pensé que volviendo cambiaría las cosas. Pensé que él había cambiado.

–¿Pero?

–Victor Prescott es… –Zac frunció el ceño, batallando con los recuerdos–. Un excelente hombre de negocios, pero no tiene ni idea de ser padre. Mi madre se fue cuando yo tenía siete años –respiró hondo y su expresión se volvió dura–. Recuerdo que le supliqué que me llevara con ella, pero ella no quiso y me dejó con el hombre que le pidió el divorcio en cuestión de semanas; el hombre que destruyó todas las fotos que tenía de ella.

–Oh, Zac…

–Sí –dijo él, cruzando los brazos e intentando ignorar el dolor.

–¿No la buscaste?

Zac guardó silencio un momento, intentando ordenar sus recuerdos.

–Mientras estudiaba, empleé todo el tiempo libre que tenía en buscarla. Pero ella se había esfumado. Yo no tenía mucho dinero para vivir, y mucho menos para pagarle a un investigador, o para sobornar, así que, cuando regresé a Sydney, recibí una carta de su abogado en la que me decía que había muerto y que me había dejado todo su dinero –hizo una pausa y miró a Emily.

Había una dolorosa tristeza en sus ojos.

–¿Y sabes qué fue lo peor de todo? Mientras yo estudiaba en Suecia, mi madre estaba viva y bien. Vivía en una granja en un pueblo cercano –cerró los puños–. Así que Victor y yo discutimos y yo le di un puñetazo. No fue uno de mis mejores momentos –dijo con una amarga sonrisa–. Me fui a hacer surf por toda Australia con el dinero que ella me había dejado y traté de olvidar quién era, de dónde venía. Y más tarde creé Valhalla.

Emily guardó silencio durante unos segundos. Su confesión era la pieza que le faltaba para encajar el puzle. De repente comprendía tantas cosas…

–Zac, lo siento mucho, pero sigo creyendo que tienes que hacer esto. No hay nada peor que los remordimientos; pensar que deberías haber hecho algo que no hiciste. Créeme. Lo sé.

De repente se dio cuenta de que ése era uno de esos momentos. Siguiendo su propio consejo, dio un paso adelante, le agarró de la nuca y le besó frenéticamente, sin darle tiempo a reaccionar. Él se resistió un instante, pero no tardó en rendirse. Se besaron durante varios segundos, en mitad de la calle. Cualquiera podía haberlos visto, pero a Emily le traía sin cuidado.

–Vamos. Te veo en tu casa –le dijo finalmente–.

–Emily…

–Por favor –dijo ella, mirándole a los ojos y usando todos sus trucos de seducción para convencerle.

Él retrocedió con un gruñido y buscó las llaves de su propio coche en el bolsillo.

–Date prisa.

Una hora más tarde yacían en la cama en casa de Zac, después de haber hecho el amor apasionadamente. Ella sabía a zumo de cereza, a vino blanco y a aceitunas. Zac respiró hondo y aspiró el almizclado aroma del sexo, mezclado con los exquisitos olores de los manjares que habían degustado para la cena. Se levantó de la cama rápidamente y le tendió una mano a Emily.

–Ven conmigo.

Ella la aceptó sin vacilar y le siguió hasta el cuarto de baño, que contaba con una claraboya y un spa, por no hablar de la ventana panorámica que ofrecía las mejores vistas del océano Pacífico. Él fue a encender la luz, pero ella le hizo detenerse.

–¿No podrán vernos?

–¿Tú qué crees? –le dijo él, sonriendo.

–Creo que… no.

–Ah, ¿pero lo sabes seguro? –él le quitó el albornoz con manos expertas y la acorraló contra el lavabo hasta que su trasero dio contra los fríos azulejos.

Entonces le agarró los brazos y, con un leve «clic» encendió las luces.

–¿Te molesta, Emily? –le preguntó mientras la besaba–. ¿Te molesta que alguien pueda pasar por la playa y nos vea? ¿O te parece…? –le dijo, deslizando una mano entre sus piernas y tocándola en el centro de su feminidad–. ¿Excitante? ¿Emocionante?

–Sí –dijo ella.

Él conocía su cuerpo a la perfección, sabía cuándo estaba lista para él. De pronto sus labios se posaron en uno de sus pezones hinchados.

–Espera… –le susurró al oído, agarrándola de los hombros y forzándola a darse la vuelta hacia el espejo.

Ella miró su propio reflejo un instante. La mujer del espejo tenía el cabello alborotado, y estaba totalmente desnuda, inclinada delante de la cintura para arriba. Detrás de ella, Zac deslizó una mano sobre la curva de su trasero.

–Eres tan hermosa –le dijo, observándola a través del espejo.

De repente Emily supo a qué estaba esperando.

–Sí –le dijo ella.

Y él esbozó una sonrisa sensual. La agarró de las caderas, le separó las piernas y la penetró desde atrás.

–Ooooh –exclamó ella, gimiendo de gozo.

Sus ojos se encontraron a través del espejo. Zac tenía el rostro contraído de puro placer.

De repente todos sus sentidos se multiplicaron por dos. Todo parecía magnificado, intenso… Pero Zac no podía retroceder. Ella lo rodeaba por completo, su calor interior, su cuerpo flexible y suave…

Él retrocedió, retirándose lentamente y ella soltó el aliento.

–Zac… –le dijo, suplicante.

Él apretó los dientes, la agarró con fuerza de las caderas y empezó a empujar con frenesí. Ella se mecía con él, en perfecta sincronía. Él deslizó los brazos alrededor de su cintura y se agarró de ella, colmándola de besos a lo largo de la espalda y acelerando el ritmo cada vez más. De pronto la sintió temblar y entonces ella gritó, abriendo los ojos de repente. Y mientras su cuerpo vibraba con las sacudidas del orgasmo, ella se contrajo a su alrededor, sacándole todo lo que tenía para darle…Un rato más tarde tomaron un baño en el gigantesco spa y se lavaron el uno al otro entre tórridos besos. Zac la estrechó entre sus brazos y la hizo sentarse entre sus piernas. Emily respiró el cálido vapor del baño, con aroma a sándalo y a vainilla, y se preguntó si había algo más perfecto que aquel instante. Y entonces, de repente, lo vio todo claro, tan claro como el rojo amanecer que desgarraba el cielo nocturno en ese preciso instante. Estaba enamorada de ese hombre, sin remedio; un hombre con el que sólo tenía algo temporal, fugaz, algo que no podía durar… Apretó los párpados y se aferró a aquel momento, decidida a vivir el presente y a olvidar la cruda realidad.

–Ven conmigo a la boda de Cal –le dijo Zac suavemente, rompiendo el sagrado silencio.

–Es la boda de tu hermano, Zac. Una celebración íntima, familiar… Estoy segura de que no querrían…

–Pero yo sí quiero –tiró de ella y le dio un beso sincero–. No hay nadie en quien confíe más para estar allí.

Emily libró una pequeña batalla interior, pero entonces sintió las caricias de sus labios y el tormento que sufría se disolvió en un mar de deseo.

–Muy bien. Iré contigo.

–Bien –dijo él y entonces la besó.

Capítulo Quince

–¿Por qué? –le preguntó AJ.

Estaban almorzando en Madison's, en el Oasis Center. El calor de marzo abrasaba el asfalto.

–¿Por qué es que aunque una pareja tenga muchos problemas, siempre pueden olvidarlos para hacer el amor?

Emily siguió la mirada de su hermana hasta una mesa alejada. La chica y el chico que un rato antes discutían se estaban dando un beso apasionado.

–Estoy hablando de Zac y de ti –añadió AJ.

–Pues yo no sé de qué estás hablando.

–Tonterías. Tú lo amas. Y él siente algo por ti, dado que ha sido tu príncipe valiente por lo menos dos veces hasta ahora… Vamos a repasar todos los acontecimientos, ¿de acuerdo? –AJ cruzó los brazos y miró a Emily fijamente–. El lanzamiento de Point One fue todo un éxito. Le has hecho ganar muchísimo dinero y le has dado muy buena publicidad para su nueva sección de eventos. Te regala dos pares de Louboutin impresionantes por Navidad, los cuales, por cierto, valen miles de dólares cada uno. Y después te vienes conmigo en vacaciones en vez de irte con el señor Perfecto. Vale… Me siento halagada, pero… –AJ sacudió la cabeza con un gesto divertido–. ¿Pero por qué?

–No lo sé… –dijo Emily, sin saber qué decirle.

–¿Por qué no le dijiste nada a Zac durante el lanzamiento de Point One?

–Estás de broma, ¿no? Apenas tuve tiempo de respirar, por no hablar de discutir temas personales. Además, yo lo conozco bien. No quiero arruinar el tiempo que nos queda. A Zac le encantan las mujeres, pero nunca se enamora de ninguna.

AJ suspiró y puso su mano sobre la de su hermana.

–A veces sólo tienes que escuchar a tu corazón y lanzarte a la piscina –dijo–. Sin importar las consecuencias. Y… –arqueó las cejas y trinchó el tomate que estaba en el plato de Emily con el tenedor–. Esa estúpida porra de la oficina es una tontería, si te vas a ir dentro de un mes.

Media hora más tarde, Emily estaba en el ascensor, de regreso a la oficina. Mientras subía, evitó mirarse en el espejo de la pared. AJ tenía razón. Abrió la puerta, se sentó en su escritorio y colocó el bolso en un cajón. Los meses que quedaban para el lanzamiento de Point One habían volado. Dos semanas antes, había tenido que mudarse a Sydney provisionalmente para supervisar los preparativos y, aunque hubiera sido algo temporal, había empezado a sentir el dolor de la pérdida. Había pasado esos catorce días inmersa en el trabajo, pero cada mañana, cuando abría los ojos, sentía aquel vacío insoportable. La noche del lanzamiento había sido casi dolorosa. Zac iba de un lado a otro, poderoso, elegante y radiante, pero apenas le había dedicado una mirada siquiera. En un momento dado le había dado las gracias formalmente delante de aquel grupo de gente influyente y muy rica, y entonces le había dado un gélido beso en la mejilla… Nada más.

Horas más tarde, sin embargo, justo antes del amanecer, su euforia no había hecho sino magnificar el reencuentro.

«Dile lo que sientes…».

Suspirando, Emily agarró una libreta y un bolígrafo y comprobó los mensajes. Anotó unas cuantas llamadas y… No podía concentrarse.

Cada noche disfrutaba de él en toda su plenitud, pero durante el día su relación había empezado a resquebrajarse. Mantener aquella farsa le estaba pasando factura y había acabado convertida en un manojo de nervios. Zac, en cambio, parecía desenvolverse muy bien. ¿Y si se lo decía y él reaccionaba mal? ¿Y si decidía romper con ella por lo sano? Emily se tragó la bola de pánico que le atenazaba la garganta y abrió una carpeta en el ordenador. Tenía que hacer una recomendación al comité de selección de recursos humanos para que pudieran buscar una sustituta. De repente se abrió la puerta del despacho y Emily levantó la cabeza con una sonrisa en los labios.

Era un policía uniformado. A juzgar por las numerosas insignias que brillaban en su chaqueta, debía de ser alguien con un alto rango.

–¿En qué puedo ayudarle, agente? –le preguntó, intentando disimular los nervios.

–¿Está Zac por aquí? –le dijo el policía, quitándose la gorra.

–Déjeme comprobarlo. ¿Cuál es su nombre?

–Soy el sargento Matthews.

Emily se levantó rápidamente, fue hacia la puerta de Zac, llamó y entonces entró.

–Hay un policía que quiere verte.

Él levantó la vista, miró más allá de la puerta y entonces esbozó una sonrisa.

–¡Tim! –Zac se puso en pie y apoyó las manos sobre el escritorio–. ¿Qué puedo hacer por ti?

El policía entró en el despacho con cara de pocos amigos. La sonrisa de Zac se borró.

–Cierra la puerta al salir, Emily. Gracias.

Emily volvió a su escritorio. El pánico se acumulaba en su estómago. No podía ser por ella. No podía serlo. Pero… Respiró hondo. Tenía que ser algo muy serio para que un sargento de policía le hiciera una visita.

De repente oyó una exclamación de Zac y un momento después el policía salió con el rostro serio y circunspecto.

–¿Qué sucede?

Zac miraba los papeles que tenía en la mano y sacudía la cabeza con ojos de incredulidad.

–Haylee me ha puesto una denuncia contra mí por violencia de género –dijo él, tirando el documento sobre el escritorio.

–¿Qué? –Emily entró rápidamente en su despacho y cerró la puerta.

–Una denuncia por violencia –repitió él. Arrugó los papeles y los tiró contra la pared. Ella avanzó un paso hacia él, pero aquella furia repentina la hizo detenerse.

–Está mintiendo, Zac. Ambos sabemos que no hiciste nada.

–Eso no importa –dijo él, apretando la mandíbula–. Tengo que llamar a Josh –descolgó el teléfono y marcó el número.

–Zac –dijo ella, pero él la ignoró.

Avanzó hacia él y cortó la comunicación. Él la fulminó con una mirada rabiosa.

–Yo estaba allí, ¿recuerdas? Y firmaré todo lo que haga falta como testigo ocular.

La expresión de él cambió.

–¿Harías algo así?

–Sí.

–¿Por qué? –él frunció el ceño–. ¿Después de todas las molestias que nos hemos tomado para mantener esto en secreto?

«Porque te quiero», dijo una voz en su interior.

De pronto un miedo atroz se apoderó de ella y la hizo retroceder unos pasos, rehuyendo su mirada.

–Porque es lo correcto –dijo ella, recogiendo la denuncia del suelo y alisando el papel arrugado.

Zac se quedó mirando los papeles un instante. Ella estaba dispuesta a ponerse en el punto de mira por él. Le quitó los papeles de la mano y sacudió la cabeza.

–No.

–¿Qué quieres decir?

–Tengo un abogado. Él se ocupará de todo.

–¿Cómo? –le preguntó ella–. Tienes que comparecer en los tribunales, a menos que ella decida retirar los cargos, lo cual, no creo ocurra tan fácilmente. Es una mujer despechada, Zac, y quiere hacerte daño. Y está dispuesta a hacer lo que sea para perjudicarte.

–Parece que la estás tomando muy en serio –tiró los papeles sobre el escritorio con desprecio–. Y ahora, si me disculpas, tengo que hacer una llamada.

Emily le clavó la mirada y se quedó donde estaba. Él le devolvió la mirada, pero cargada de odio.

–Emily…

–Muy bien –dijo ella, dando media vuelta.

Como era de esperar, Josh Kerans no estaba disponible, así que Zac llamó a su abogado, Andrew, y éste le aconsejó que no se acercara a Josh ni a su hija. A medio día Emily se asomó por la puerta para recordarle que era la hora de comer. Él asintió con la cabeza y volvió al trabajo rápidamente. Sin embargo, un horrible pensamiento empezaba a gestarse en su cabeza, contaminándolo todo. No soportaba la idea de no hacer nada, y eso era lo que Andrew le había dicho que hiciera.

«No llames la atención durante esta semana», le había dicho. «Ve a la boda de tu hermano. Haré que adelanten la vista y entonces podremos negarlo todo en los tribunales».

Subieron al avión rumbo a Sydney a primera hora del viernes y una hora más tarde subieron a bordo de un aparato más pequeño que los llevaría al oeste, rumbo a Parkes. Emily guardó silencio durante todo el viaje en coche y así atravesaron Gum Tree Falls en dirección a Jindalee, el complejo turístico situado en el desierto australiano donde Cal y su prometida iban a contraer matrimonio. Dos veces le había preguntado si se encontraba bien, y él le había contestado con un seco monosílabo.

Por fin, al final de un largo camino de tierra, apareció Jindalee. La finca abarcaba una gran extensión y la portentosa mansión estaba situada en el centro de la misma. Más allá de la casa había jardín muy grande. Una alfombra color azul llevaba hasta la marquesina bajo la que se celebraría la ceremonia. Cuando Emily abrió la puerta del coche, el calor de media tarde la golpeó de lleno, robándole el aliento. Se detuvo un instante y entonces bajó del vehículo. Unos acordes muy conocidos de música clásica flotaban en el ambiente.

–El concierto para dos pianos de Mozart –murmuró, sujetándose el cabello detrás de las orejas.

Zac levantó la vista del maletero. Era la primera vez que la miraba desde que habían salido de viaje.

–¿Te gusta la música clásica?

–Me gusta Mozart –dijo ella, colgándose el bolso del hombro–. He visto *Amadeus* muchas veces. Me han dicho que era la película favorita de mi tío.

–¿El que te dejó el apartamento?

–Sí –cerró la puerta del coche.

Juntos subieron los escalones que llevaban al porche y entonces se abrieron las puertas. Cal y su prometida estaban en la entrada.

Zac saludó a su hermano y a su futura cuñada con educación, pero no con tanta efusividad como demostraba Cal. Su sonrisa era demasiado tensa y sus hombros estaban demasiado erguidos. Sin embargo, que estuviera allí ya era un gran paso. Los llevaron a sus respectivas habitaciones, dos suites contiguas decoradas en tonos crema con una enorme cama con dosel en el centro. Mientras Zac dejaba el equipaje, Emily contempló aquella cama digna de reyes con tristeza. Todo había cambiado entre ellos. Ya nada sería lo mismo.

–Te dejo para que te acomodes –le dijo él de repente en un tono seco. Agarró su maleta y se marchó.

Emily le siguió con la mirada hasta que desapareció al otro lado de la puerta. ¿Por qué había aceptado ir a esa boda? ¿Por qué?

«Por él», le dijo una voz. Se dejó caer en la cama, con la mirada ausente, fija en la puerta del cuarto de baño, la que comunicaba con la suite de Zac. Una mezcla de miedo y emoción se apoderó de ella, haciéndola temblar. Iba a hacerlo. Después de la boda, después de la fiesta… Elegiría el momento adecuado y entonces… Le diría todo lo que sentía, sin importar las consecuencias.

Capítulo Dieciséis

–Callum Stephen Prescott, ¿tomas a Ava Michelle Reilly…?

Emily miró a la novia y se quedó sin aliento. La joven estaba radiante con un precioso traje de satén con escote de palabra de honor y una discreta tiara de diamantes sobre la frente. Y entonces miró a Cal, espléndido y elegante con un traje gris y un pañuelo de cuello azul cielo. Sin embargo, la expresión de su rostro fue lo que más le llamó la atención. Había auténtica felicidad en su cara, orgullo, amor… Emily sintió lágrimas en los ojos al ver cómo miraba a Ava.

–¿Te encuentras bien? –le preguntó Zac de repente en un susurro.

Ella asintió, incapaz de articular palabra. Él le ofreció su pañuelo y ella lo aceptó.

–Es sólo un poco de… –le dijo, frotándose con cuidado debajo de los ojos. Echándose un poco de aire con la mano, soltó una carcajada nerviosa–. Nunca he asistido a una boda.

–¿En serio?

–¡Ssshhh! –exclamó una mujer que estaba sentada a su izquierda.

Emily esbozó una sonrisa de vergüenza y le pidió disculpas en silencio.

–¿No asististe a la tuya propia? –le dijo Zac al oído.

Emily suspiró, contemplando a los novios mientras pronunciaban sus votos matrimoniales.

–Firmamos unos papeles en el ayuntamiento. No hubo ocasión para derramar lágrimas de felicidad –dijo en un tono un poco amargo.

Cuando Cal y Ava se besaron por fin, su alegría era tan evidente que todo el mundo se rió en voz alta y entonces empezaron a ovacionarles al ver que el beso se prolongaba interminablemente. Emily sacudió la cabeza.

–No pensaba que sería tan… tan…

–¿Emotivo?

–Exacto –dijo ella, devolviéndole el pañuelo.

Él la observaba fijamente.

–¿Qué? –le preguntó ella, riendo de forma nerviosa.

–Me encantan tus zapatos.

Ella soltó una carcajada.

–Me los regaló uno de mis novios –le dijo en un tono bromista–. Tengo que reconocer que soy un desastre cuando se trata de comprar zapatos.

Él contempló los zapatos; un exquisito diseño en piel de leopardo con una cadena de perlas alrededor del tobillo.

–¿Te he dicho que estás preciosa?

–No tienes que hacerlo –le dijo ella, sonrojándose.

–Pero quiero hacerlo –le dijo él. Con una sonrisa y un guiño volvió la vista al frente.

Emily tragó a través del nudo que tenía en la garganta. Un halo de esperanza crecía en su interior, un soplo de aire fresco que le envolvía el corazón…

–Zac…

Justo en ese momento llegaron los novios. Cal y

Ava aceptaron su «enhorabuena» y posaron sonrientes para las fotos. Zac no podía quitarle ojo a Emily. Ya no era aquella secretaria eficiente y conservadora. Vestida con una minifalda color limón y un top blanco, la mujer que tenía ante él era elegante e irresistible. Incapaz de resistirse, Zac deslizó una mano sobre su espalda, enredando los dedos en aquellos tirabuzones de oro que le caían sobre la espalda. Ella levantó la vista en ese momento y entonces sonrió. Sus ojos brillaban, todavía llenos de lágrimas. Y entonces ocurrió. Los sonidos de la boda, el cantar de los pájaros, el ruido de las copas de cristal… Todo se desvaneció y el corazón de Zac dio un vuelco. Una emoción indescriptible había emergido en su interior, borrando todo lo demás. Estaba locamente enamorado de Emily Reynolds. No tenía sentido negarlo más. Incapaz de estar quieto ni un segundo más, fue a buscar al camarero. Sabía que era una carrera contra reloj. Ella iba a dejar la empresa al mes siguiente y entonces también le dejaría a él. Seguiría adelante con su vida, igual que había hecho siempre, y él se quedaría atrás, olvidado. Pensativo y silencioso vio acercarse a su madrastra. La esposa de Victor se acercó a Emily y entabló conversación. Zac la observaba embelesado, reparando en cada detalle, en cada movimiento de su rostro, de su cuerpo… Y entonces apareció Victor.

–¿Tú eres la secretaria de Zac y… su acompañante? –le preguntó a Emily sin rodeos.

Zac se puso tenso de inmediato y fue hacia ellos con dos copas de champán en las manos.

–Sí –dijo Emily, aceptando la copa con una sonrisa–. Gracias.

Si Zac no hubiera observado a su padre con tanta

atención, se hubiera perdido aquella expresión fugaz en su rostro, la que decía…

«Te estás acostando con tu secretaria…».

Victor levantó una ceja, pero Zac sabía lo que se escondía detrás de aquella mirada impasible. Reproche, desprecio…

Zac frunció el ceño. Tenía casi treinta años de edad y todavía seguía siendo la oveja negra de los Prescott. De forma involuntaria, apretó con fuerza la copa que sostenía en la mano y un segundo después se la bebió de un sorbo.

«Vete al infierno, papá…», se dijo, embriagado por el efecto el alcohol.

—Empiezo la universidad en abril —dijo Emily.

—¿Y qué vas estudiar?

—Voy a estudiar empresariales. Quiero dedicarme al *coaching* empresarial.

Victor levantó las cejas, sorprendido.

—¿A qué?

Zac se metió las manos en los bolsillos, cada vez más molesto.

—*Coaching* empresarial. Se trata de ayudar a los clientes a definir sus metas y a ayudarlos a conseguirlas.

—Como un consultor, cariño —dijo Isabelle, la esposa de Victor—. Pero más…

—Decisivo —añadió Emily con una sonrisa—. Más personal.

—Muy bien ¿Y hay mucha demanda para ese tipo de empleo? —preguntó Victor.

Zac frunció el ceño. Hasta ese momento había esperado el típico comentario condescendiente con un toque de escepticismo, pero Victor parecía realmente… interesado.

–Bueno, hay mucha demanda –dijo Emily–. Sobre todo en el sector de los negocios, en las grandes empresas, agencias de gobierno... En muchas de estas instituciones contratan esta clase de servicios de forma permanente –Emily miró a Zac–. Trabajar en Valhalla me ha dado una gran experiencia en este campo.

–Por supuesto –dijo Victor en un tono cortés.

Sin embargo, Zac estaba cada vez más enfadado. No le cabía duda de que Victor ya sabía más de Emily que ella misma. Su padre era un hombre que nunca dejaba nada al azar; nada de sorpresas en la trastienda...

Pero era la boda de Cal.

«Por el amor de Dios...», se dijo a sí mismo. Debía alegrarse por su hermano. El hombre lo tenía todo; una esposa encantadora, un bebé maravilloso y un negocio floreciente. Sin embargo, cada vez que miraba a su padre, cada vez que pensaba en VP Tech, sentía una punzada de tensión.

–Vosotros dos tenéis que hablar –le había dicho Cal un rato antes, cuando todavía estaban en la suite–. Haya hecho lo que haya hecho, ha cambiado. Incluso ha accedido a considerar nuestras propuestas. En cuanto se dio cuenta de que así tendría más tiempo para concentrarse en sus propios proyectos...

–No he venido a hablar de negocios, Cal.

–Muy bien –Cal levantó una ceja mientras se ponía la chaqueta–. ¿Entonces a qué has venido?

–Eres mi hermano. Te vas a casar, ¿recuerdas?

–Y Victor es tu padre. No puedes ignorarle para siempre.

–Eso dice Emily –dijo Zac, jugueteando con las arras que Cal le había confiado.

–Una chica lista –le dijo Cal, alisándose los puños de la camisa.

–Sí –Zac no pudo evitar sonreír–. Lo es.

Cal extendió la palma de la mano y Zac le dio los anillos.

–¿Listo? –le preguntó Cal.

–¿Tú lo estás?

Cal respiró hondo y asintió con la cabeza. ¿Quién hubiera pensado que su hermano, siempre ecuánime y adicto al trabajo, pudiera llegar a emocionarse el día de su boda?

–Chaval, llevo meses preparado. Vamos.

El sol se escondió por fin en el horizonte y todos los invitados se reunieron bajo la marquesina para disfrutar del banquete. Zac se quedó rezagado en el porche, mirando a su alrededor con gesto pensativo. Su padre se movía entre la multitud, acostumbrado a ser el centro de atención gracias a sus legendarios millones.

Cuando Victor se dirigió por fin a la casa, Zac se terminó la copa de champán, se tragó todas las emociones y dio media vuelta.

–¡Oh, lo siento!

Era Emily. Podía reconocer su voz en cualquier parte.

–No. Ha sido culpa mía –decía Victor. Había vuelto a salir–. En realidad, la estaba buscando.

Zac vaciló. La curiosidad lo comía por dentro.

–¿Para…? –dijo Emily, sonriendo.

–Me parece muy interesante eso que tiene pensado estudiar.

–¿En serio?

Zac frunció el ceño, sin saber adónde quería llegar. Victor nunca hablaba por hablar.

142

–¿Y va a dejar el trabajo para estudiar?

–Sí –dijo ella.

–Eso es un movimiento muy arriesgado, teniendo en cuenta la crisis en la que estamos.

–Lo sé. Y la matrícula de la universidad no es nada barata.

–¿Con qué capital cuenta?

–Lo suficiente –dijo ella con cautela.

–Lo cual quiere decir que no es bastante. La mayor parte de los negocios pequeños cierran en los primeros cinco años. ¿Sabe?

–Sí. Señor Prescott…

–Emily. Déjeme decirle una cosa. No sé lo que Zac le habrá dicho de mí, pero…

–Zac no habla mucho de su familia.

–¿En serio?

–Sí. Yo trabajo para él. No tenemos… esa clase de relación.

Zac escuchaba con atención, sin darse la vuelta.

–Pero sí que tienen algún tipo de relación, ¿no?

Emily guardó silencio un momento.

–No creo que se pueda decir así.

Zac sonrió. Estaba orgulloso de ella.

Victor soltó una carcajada.

–No. Supongo que no. Bueno, déjeme ir al grano. Me gustaría hacerle una oferta.

Emily guardó silencio. Zac no se atrevía a darse la vuelta, pero sí oyó cómo ella soltaba el aliento de golpe.

–Eso es mucho dinero, señor Prescott.

A Zac se le borró la sonrisa de la cara.

Sin pensar en lo que hacía, dio media vuelta y abrió las puertas de par en par. Al verle acercarse con paso decidido, ambos se volvieron hacia él. Ella tenía un cheque en las manos y lo miraba con gesto de sorpresa, sonrojada. Victor lo miraba con cara de pocos amigos.

–¿Qué demonios te crees que haces? –le arrebató el cheque y miró la cifra.

–Zac –dijo Emily, intentando guardar la calma–. Tu padre sólo intentaba…

–No podía aguantarte, ¿verdad, papá?

Victor cruzó los brazos.

–Si te callas un momento, verás que todo tiene una explicación.

–A lo mejor deberíais salir fuera los dos.

Zac dio media vuelta y se encontró con su hermano, acompañado de su esposa. Detrás de ellos, los invitados susurraban e intercambiaban miradas cómplices. Sabía que estaba librando una batalla perdida contra sus propias emociones. El yugo del pasado lo oprimía sin tregua y no deseaba más que huir de la asfixiante influencia de Victor Prescott.

–Ya basta de secretos. Él… –Zac señaló a su padre con el dedo–. Le ha ofrecido dinero a Emily. Un montón de dinero.

–¿Pero qué estás sugiriendo? –exclamó Emily, escandalizada.

–¿Por qué no se lo dices, papá? –exclamó Zac, fulminando a su padre con la mirada.

–Zac… –le dijo Cal en un tono de advertencia.

–¿Ibas a aceptarlo? –le preguntó Zac a Emily, ignorando a su hermano.

Ella guardó silencio y lo miró como si se hubiera vuelto loco.

–¿Tú qué crees?

144

Él se puso erguido y la miró con desprecio, como si ya supiera la respuesta.

–Tú… –dijo ella, devolviéndole la mirada de forma implacable–. Eres un idiota, Zac Prescott –dio media vuelta y se dirigió hacia la puerta.

Zac tragó con dificultad, sin dar crédito a todo lo que ocurría.

–Emily, espera.

Antes de salir por la puerta, se volvió hacia él un instante.

–Tienes que resolver las cosas con tu familia, Zac –le dijo y se marchó.

Cal cerró la puerta tras ella.

Zac se lanzó hacia la puerta, pero Victor lo hizo detenerse con una palabra.

–Ella tiene razón –dijo Victor con toda la calma del mundo–. Eres un idiota.

Zac sintió un arrebato de furia y fue hacia su padre, señalándolo con el dedo.

–No te atrevas a… –le dijo, atravesándolo con la mirada.

–Cierra el pico, Zac –dijo Cal–. Deja que hable.

–¿Y de qué hay que hablar? ¡Ibas a darle dinero para que se alejara de mí porque no es lo bastante buena para un Prescott, ¿verdad? Igual que hiciste con todas las chicas con las que salí, igual que hiciste con mi madre! Ésas son las cosas que se te dan bien, ¿verdad, Victor? –le dijo, riendo con amargura.

Victor miró a su hijo a los ojos con tranquilidad.

–Mira, todas esas chicas estaban interesadas en tu dinero, más que en ti –dijo Victor por fin.

–¿Y eso justifica lo que hiciste? –le dijo Zac, frunciendo el ceño.

–¡Tenía todo el derecho! ¡Te estaba protegiendo!

–¿De qué? ¿De tener mi propia vida? ¿De mi madre?

–¡Tu madre estaba muy enferma, Zac! –le dijo Victor, explotando por fin–. Un día, cuando tenías un año de vida, llegué a casa y te encontré solo en la bañera. Sólo Dios sabe qué podía haber pasado si yo no hubiera llegado en ese momento.

Zac respiró hondo. Cristales rotos se le clavaban en el corazón.

–Sí. No podía hacerse cargo de todo. No podía cuidar de su bebé. No podía ser mi esposa. No era capaz de lidiar con la atención constante, el escrutinio de los medios… Las expectativas… –Victor pareció venirse abajo un momento, pero enseguida recuperó la compostura.

–Ella quería irse y yo la dejé. El acuerdo fue más que generoso.

–Y entonces desapareció.

–Sí.

–¿Sabes qué? –dijo Zac, roto de dolor–. Me llevó mucho tiempo aceptar lo que habías hecho, dijo pasándose una mano por el cabello.

–Te oculté lo de tu madre, y lo siento –dijo Victor, retrocediendo un poco y agachando la cabeza, claramente arrepentido–. No quería que te echaras la culpa.

–Pero nunca me diste una explicación. Yo te preguntaba, pero tú me ignorabas, me decías que no volvería, o cambiabas de tema. Dios, papá, tiraste todas sus cosas, incluso sus fotos.

–Estaba furioso –dijo Victor.

–¡Y yo necesitaba un padre! –Zac se detuvo. La voz se le había quebrado–. No necesitaba la última consola de videojuegos, ni unas deportivas nuevas. Te necesitaba a ti. Necesitaba que me dijeras la verdad, que me dejaras cometer mis propios errores, necesitaba… –tuvo que parar un momento. El dolor lo ahogaba–. ¿Sabes que nunca te he oído decir «buen trabajo, hijo»? Nunca. Ni una sola vez.

–Bueno, yo creo…

–Ni una sola vez, papá.

–Entonces lo siento, hijo –dijo Victor, bajando la cabeza.

Zac miró a su hermano Cal. Éste lo miraba con cara de sorpresa.

–Y no quiero dirigir VP Tech. Yo hago casas, papá. Me encanta mi trabajo y se me da muy bien. No sé por qué estáis tan empeñados en meterme en una empresa que no me interesa en absoluto.

Se hizo el silencio. Los dos hermanos miraban a Victor, demandando una respuesta. Como nadie decía nada, Zac miró a su hermano. Cal se encogió de hombros.

–Porque ésa era la única forma de conseguir que hablaras conmigo –dijo Victor de repente.

–¿Y qué hay de malo en llamar por teléfono?

–Tú no contestabas a mis llamadas –dijo Victor, levantando las cejas–. Tuve que amenazarte para que vinieras.

Zac se frotó la cara con ambas manos. No podía negar que en eso tenía razón. Padre e hijo guardaron silencio unos momentos.

–Mira, cuando me diagnosticaron el tumor, empecé a pensar en muchas cosas… Me arrepentí de muchas. Quise hacer las cosas de otra manera. Y tú estabas al principio de mi lista, hijo –le dijo, sonriendo con tristeza–. Sabía que no había obrado bien contigo. Tú eras mi mayor preocupación.

Zac se quedó anonadado. Jamás hubiera esperado una confesión así de su padre. Victor jamás se disculpaba, ni tampoco hablaba de sus sentimientos. ¿En qué momento habían cambiado tanto las cosas? Victor reconocía que se había equivocado, su hermano Cal quería renunciar al legado de los Prescott, Emily le había abandonado... Emily... Hizo una pausa, respiró hondo.

–¿Para qué era ese dinero?

–Para mi nuevo proyecto –dijo Victor, cruzándose de brazos–. Quiero reflotar unos cuantos negocios pequeños. Ofrezco una sociedad financiera. Ellos hacen el trabajo y yo pongo capital. Ambos salimos ganando.

Zac miró a su hermano.

–Es cierto –dijo Cal.

–Si no hubieras entrado como lo hiciste, hubiera tenido tiempo de explicárselo a ella.

Zac miró a su padre fijamente. Cada día tenía menos pelo, y más blanco. Tenía oscuras ojeras debajo de los ojos y ya no parecía tener la misma mirada autoritaria de siempre. Parecía cansado, agotado... Era una pena que las cosas hubieran resultado de esa manera, sobre todo por todos esos años perdidos.

–Ella nunca lo hubiera aceptado –dijo, sacudiendo la cabeza.

–Hmmm. Bueno... –Victor se aflojó la corbata y suspiró–. Yo sólo trataba de hacer algo bien.

Zac arrugó los párpados. El pasado le había enseñado a desconfiar de su padre y era difícil deshacerse del viejo hábito. Sin embargo, tampoco podía ocultar el sol con un dedo. Miró a su hermano Cal con un gesto de vergüenza.

–Siento haber arruinado tu boda, hermano –le dijo.

–No lo has hecho –dijo Cal–. Y no es conmigo con quien deberías disculparte.

Zac asintió y fue hacia la puerta.

–Tengo que irme.

Capítulo Diecisiete

Mientras caminaba hacia las suites de los invitados, su móvil empezó a sonar. Decidido a ignorar la llamada, miró la pantalla.

Andrew.

–Te he enviado un mensaje, pero no me devolviste la llamada.

–Lo siento. He tenido algunos contratiempos –dijo Zac–. ¿Qué sucede?

–Buenas noticias –dijo Andrew–. Han retirado la denuncia.

Zac se detuvo y se frotó las sienes, aliviado.

–Gracias, amigo. Te debo una muy grande.

–Oh, no he sido yo. Cuando llegué, los cargos ya habían sido retirados.

Confundido, Zac volvió a darle las gracias y colgó. La única explicación era que Haylee hubiera retirado los cargos, lo cual significaba que...

Tocó a la puerta de Emily con impaciencia. Unos segundos después la puerta se abrió. Era Ava. La esposa de su hermano le dedicó una sonrisa, le dio una palmadita en el hombro y se marchó. Emily estaba abriendo la maleta. Al verla ruborizada y descalza, Zac sintió que se le aceleraba el corazón. Ella ni siquiera levantó la vista.

–¿Te vas?

–Bueno, creo que no es apropiado que me quede.

Él guardó silencio y la observó mientras metía un montón de ropa en la maleta.

–Emily… Mira, yo…

–No tienes que darme explicaciones, Zac –dijo ella. Siguió haciendo la maleta como si nada–. No hay problema.

–No, sí que lo hay. ¿Puedes…?

Ella entró en el cuarto de baño, dejándolo con la palabra en la boca. Unos segundos después, incapaz de esperar más, fue hacia la puerta y casi se tropieza con ella al salir.

La agarró de las manos y ella contuvo el aliento, sorprendida. Él la soltó de inmediato.

–¿Puedes parar un momento y escucharme?

Ella retrocedió un paso hacia el interior del aseo, con un neceser apretado contra el pecho.

–¿De qué quieres hablar? –le preguntó en un tono impasible.

–De lo idiota que soy.

Ella siguió mirándolo sin decir ni una palabra.

–Muy bien –volvió a agarrarla de los brazos; esa vez con más firmeza. Ella se estremecía.

Lentamente la condujo de vuelta al dormitorio y la hizo sentarse en un butacón. Él se sentó en el borde de la cama.

–He metido la pata. Lo admito. Y mi única excusa es… Bueno… –se encogió de hombros–. Muy bien. No tengo excusa. Lo siento.

Ella le miró por fin y se tomó su tiempo para contestar.

–¿De verdad pensaste que aceptaría ese dinero? ¿Después de todo lo que ha pasado?

–Ni por un segundo –dijo él con firmeza–. Sólo es-

151

taba sorprendido, y furioso con mi padre. Me bloqueé y lo siento. Lleva toda la vida utilizando su dinero para sobornar a la gente de la que se quiere deshacer y, al verlo contigo allí, charlando animadamente…

–Lo hacía por ti.

–¿Por mí?

–Trataba de calmar los ánimos. Intentaba ponerle de buen humor para cuando hablara contigo. Por ti.

–No me di cuenta.

–Bueno, pues eso era lo que hacía –cruzó los brazos y las piernas con determinación. Su lenguaje corporal no dejaba nada claro.

–¿Fuiste a ver a Haylee?

Emily frunció el ceño un instante.

–No. Yo fui a ver a Josh.

Al ver la expresión de Zac, Emily levantó la barbilla, desafiante.

–Me ofrecí a ayudar. Tú te negaste, así que llamé a la secretaria de Josh y averigüé dónde iba a comer.

–¿Qué le dijiste?

–La verdad. Hablamos de unas cuantas cosas. Por lo visto Haylee ya lleva un tiempo comportándose así. Es un poco posesiva con sus ex.

–Ella…

Ambos guardaron silencio unos minutos.

–Eres extraordinaria. Lo sabes, ¿verdad? –murmuró él con una sonrisa–. ¿Qué haría yo sin ti?

Ella se quedó de piedra, mirándole fijamente sin saber cómo interpretar sus palabras.

–Estoy segura de que mi sustituta hará un gran trabajo.

–No es eso lo que quería decir.

Se miraron de nuevo, atravesándose la mirada. El

aire estaba cargado de palabras silenciosas. Zac respiró hondo para decir algo, pero ella se le adelantó.

–Mi madre era una drogadicta, borracha, un desastre… –le dijo de repente–. No sé quién es mi padre. Ella tuvo una aventura con un tipo y luego volvió con mi padrastro, Pete, el padre de AJ. Ella nos enseñó a robar cuando yo tenía cinco años. Un día nos pillaron, y ella y Pete se dieron a la fuga. Los servicios sociales se hicieron cargo de nosotros. Yo tenía diez años. Pasamos muchos años en casas de acogida –hizo una pausa.

Él la miraba con un gesto de sorpresa, sin saber qué decir o hacer.

–AJ se fugó y no volví a verla hasta que tuve veintitrés años. Ella se puso en contacto conmigo cuando murió nuestro tío. Sí. Lo he pasado mal, pero nunca aceptaría el dinero de tu padre. Nunca –se detuvo y respiró hondo, sin dejar de mirarle.

Zac podía ver la angustia que bullía detrás de aquellos ojos cristalinos que lo miraban tan fijamente.

–No te digo esto para que sientas pena por mí –añadió ella, sonrojándose–. Sólo pensé que… Debías saberlo.

El silencio de él, la expresión de su rostro, atravesó el muro que Emily había construido a su alrededor, resquebrajando su compostura. No había planeado contarle tantas cosas, pero, de alguna manera, él ejercía esa influencia sobre ella. La hacía perder el control, la cabeza…

–Soy una chica criada en casas de acogida, abandonada por sus padres. No es de extrañar que huya de las relaciones. Durante muchos años viví sin deshacer nunca la maleta, lista para marcharme en cinco minutos. Tardé muchos años en comprar muebles. Yo nunca… –tragó con dificultad.

La expresión de Zac se suavizó.

–Tu pasado no define quién eres.

–Pero a ti sí que te afecta. Lo sabes. Y es por eso que te dije que «sí». Sólo era sexo. No había emociones en juego.

–¿Crees que eso es todo lo que hubo? –le preguntó él. Era como si acabaran de darle un puñetazo en la cara.

–¿Acaso ha habido algo más? –le preguntó ella, conteniendo la respiración.

–Dímelo tú –dijo él. Su rostro era un maremágnum de emociones imposibles de descifrar.

Emily respiró hondo. Había llegado el momento.

–Yo… –levantó la vista y le miró un momento–. Quiero más. Quiero sentir más. Mira, la realidad es que creo que estoy enamorada de ti, y eso me asusta mucho. Pero eso tampoco significa que…

De pronto Zac se echó hacia delante y terminó arrodillado a sus pies, sin darle tiempo a terminar la frase. La agarró de las muñecas y la miró fijamente.

–Emily… –respiró hondo y cerró los ojos un instante–. Sé que es muy reconfortante saber lo que va a pasar en cada momento. Sé que a ti te gusta el orden, que odias el caos. Pero el amor es así. Es una locura. Es impredecible y está lleno de errores.

–Mira, tú no sabes… ¿Qué? –ella frunció el ceño–. ¿Me estás diciendo que…? ¿Qué me estás diciendo?

–Te estoy diciendo que… te quiero –hizo una pausa y soltó el aliento–. Llevo mucho tiempo enamorado de ti.

Emily se quedó sin palabras.

–¿Em? ¿Cariño? –le sacudió las manos suavemente y entonces sonrió–. Dime algo, por favor.

–Llevo mucho tiempo sin oír esas palabras.

Zac contuvo la respiración. Ella era tan maravillosa. Podía darle el cielo o el infierno con una sola mirada.

–Déjame repetírtelo. Emily Reynolds, te quiero, te adoro. Adoro tu organización, la forma en que te muerdes el labio cuando estás nerviosa… Tal y como lo haces ahora mismo –añadió con una sonrisa–. Adoro tu lealtad, tu sentido del bien y el mal… Y… –se acercó a ella hasta casi rozarle los labios–. Adoro besarte, hacerte el amor. Adoro cada centímetro de tu maravilloso cuerpo.

Todas las palabras que Emily había preparado se esfumaron ante el poder del beso de Zac, sincero y apasionado. Cuando él se apartó por fin, ella creyó que iba a morir de felicidad. Era como si hubiera echado a volar sin levantar los pies del suelo.

–¿Quieres decir algo? –le preguntó él, mirándola con deseo.

–Creo que ya he encontrado a alguien que me sustituya.

Él se rió a carcajadas.

–Creo que eso es imposible. Y ya que hablamos de ese tema…

–¿Sí?

Zac la rodeó con sus brazos.

–Deberías considerar la oferta de Victor. Él sabe ver una buena inversión en cuanto la ve.

–¿En serio?

–Sí.

Una decena de emociones distintas desfilaron por

su rostro, pero Emily sólo reconoció la última. Paz. Cuando sus labios volvieron a besarla, ella se sintió como si fuera la primera vez. Un deseo poderoso corría por sus venas, llenándola por dentro. ¿Era posible ser más feliz?

—Cásate conmigo, Emily —le dijo, deslizando los labios por su cuello—. No voy a perderte. Sé mi esposa.

Sí era posible. Emily acababa de darse cuenta. Retrocedió un instante y lo miró a los ojos. Sus labios dibujaban una sonrisa, pero la expresión de sus ojos era completamente seria. Aquello era mucho más de lo que jamás había esperado, mucho más de lo que se merecía. Una oleada de júbilo se apoderó de ella y entonces sonrió, como nunca antes lo había hecho.

—No vas a perderme y… sí. Me casaré contigo.

Entre risas y lágrimas, volvieron a besarse, una y otra vez, hasta que los besos dejaron de ser suficiente. Unos segundos después su ropa estaba por todo el suelo y ellos yacían en la cama, haciendo el amor.

—Te quiero, Emily —murmuró él.

—Te quiero, Zac.

Deseo™

Anillo de boda

TESSA RADLEY

El viudo multimillonario Nick Valentine debería haber imaginado que la
nueva niñera de su hija Jennie era demasiado buena para ser verdad. Y
cuando Candace Morrison le reveló
sus intenciones con respecto a Jennie, Nick estaba preparado. Aquella
embaucadora, por guapa y sexy que
fuera, iba a recibir su merecido.

Aunque ella no era la responsable,
Candace sabía que Nick había sido
engañado. Y, aunque le sorprendía la
respuesta de su jefe a la verdad, y a la
innegable atracción que había entre
ellos, no se detendría ante nada para
demostrar lo que sabía sobre Jennie,
la heredera de Nick Valentine.

*Ella deseaba que se convirtieran
en una verdadera familia*

¡YA EN TU PUNTO DE VENTA!

Acepte 2 de nuestras mejores novelas de amor GRATIS

¡Y reciba un regalo sorpresa!

Oferta especial de tiempo limitado

Rellene el cupón y envíelo a

Harlequin Reader Service®
3010 Walden Ave.
P.O. Box 1867
Buffalo, N.Y. 14240-1867

¡Sí! Por favor, envíenme 2 novelas de amor de Harlequin (1 Bianca® y 1 Deseo®) gratis, más el regalo sorpresa. Luego remítanme 4 novelas nuevas todos los meses, las cuales recibiré mucho antes de que aparezcan en librerías, y factúrenme al bajo precio de $3,24 cada una, más $0,25 por envío e impuesto de ventas, si corresponde*. Este es el precio total, y es un ahorro de casi el 20% sobre el precio de portada. !Una oferta excelente! Entiendo que el hecho de aceptar estos libros y el regalo no me obliga en forma alguna a la compra de libros adicionales. Y también que puedo devolver cualquier envío y cancelar en cualquier momento. Aún si decido no comprar ningún otro libro de Harlequin, los 2 libros gratis y el regalo sorpresa son míos para siempre.

416 LBN DU7N

Nombre y apellido	(Por favor, letra de molde)

Dirección	Apartamento No.

Ciudad	Estado	Zona postal

Esta oferta se limita a un pedido por hogar y no está disponible para los subscriptores actuales de Deseo® y Bianca®.
*Los términos y precios quedan sujetos a cambios sin aviso previo.
Impuestos de ventas aplican en N.Y.

SPN-03   ©2003 Harlequin Enterprises Limited

Bianca™

¿Accedería el orgulloso jeque a celebrar la noche de bodas aunque la boda se cancelara?

Angele ansiaba consumar su relación con el príncipe heredero Zahir tras casarse con él. Inocentemente, anhelaba que su prometido la esperara, como ella lo esperaba a él. Pero unas comprometedoras fotografías sacadas por unos paparazis acabaron con sus sueños de juventud.

Angele no estaba dispuesta a convertirse en la mujer de Zahir por obligación, ni someterse a un matrimonio sin amor. Romper… pero no sin imponer una condición.

Noche de amor con el jeque

Lucy Monroe

Deseo™

Matrimonio por venganza

NICOLA MARSH

A Brittany Lloyd le propusieron el mejor trato de su vida… con el hombre que le rompió el corazón, el magnate italiano Nick Mancini. No se imaginaba que el que una vez fue su chico malo y rebelde era ahora un multimillonario.

Nick no podía creer lo que veía. Su fierecilla pelirroja se había convertido en una mujer de negocios que vestía trajes de diseño. Ella necesitaba su ayuda… y él la deseaba. Así que le propuso un matrimonio de conveniencia: sólo negocios, por supuesto. Pero en realidad planeaba disfrutar de una ardiente noche de bodas que nunca olvidarían.

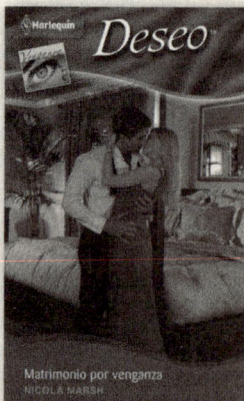

Sólo tenía una cosa en mente: el placer